ハヤカワ文庫JA

〈JA1485〉

探偵は追憶を描かない

森 晶麿

早川書房

8665

目次

プロローグ　7
第一章　13
第二章　51
第三章　71
第四章　105
第五章　155
第六章　193
第七章　225
第八章　265
第九章　287
第十章　297
エピローグ　309

探偵は追憶を描かない

プロローグ

　ほんの少し軌道がズレているために、肉眼では見えない星があるらしい。浜名湖《はまなこ》沿岸部で生まれた石溝光代《いしみぞみつよ》という女優は、たとえるなら、そんな見えない星のような存在だった。もっとも、今から四十年以上昔にそのキャリアをスタートさせ、十数年ものあいだほぼずっと売れっ子だったのだから、輝いていなかったわけではない。しかし、少なくとも、彼女は自分に見合うだけの評価を得られぬまま歳月を重ねてしまったのだ。

　何度か父親に付き合って、レンタルビデオで彼女の出演した映画を観たことがある。どの作品でも、画質の悪さが気にならないほど彼女は生き生きとしており、見ている間は、役を身近な存在として感じられた。表情で魅せ、動きのキレの良さで魅せることのできる確かな腕のある役者だった。

だがそのわりに、石溝光代はまったく賞に恵まれなかった。賞ばかりではない。準主演クラスの役を多く演じ、ＣＭにも多数出たにもかかわらず、世間の認知度は高くなかった。何が原因かわからないが、とにかく彼女ははじめから賞レースの枠外で捉えられていた。焦って濡れ場のある映画に出た時期もあったが、あまり評判は呼ばなかった。そういうわけで、彼女は大衆の意識の溝に落ちてしまい、誰にも見えない星になった。

そんな「見えない星」が、銀幕から姿を消した。俺が生まれる二年前のことだった。

その瞬間こそ、石溝光代がもっとも世間に認知された時だったのかもしれない。スポーツ紙の一面を彼女の顔が飾ったのは、後にも先にもこの時だけだった。内容は、反社会的組織の男性とのダブル不倫疑惑。記事を受けて彼女は記者会見で謝罪した。もともと別居状態だった当時の夫とも離婚協議に入ったが、すでに大手ＣＭのスポンサーは契約を打ち切る方針を固めた後だった。彼女は多額の違約金の一部を所属事務所に肩代わりしてもらい、それと引き換えに芸能界を去った。

十日もすると、ワイドショーはこの話題を取り上げなくなった。父や母の話によれば、二週間もたせるほどのネタではなかったし、何よりテレビ的には石溝光代はもともと「見えない星」であるばかりか、とっくに旬を過ぎていたようだ。

だが、そこから先の彼女の運命は、この遠州《えんしゅう》に住む人間なら知らない者はいない。

この地で大衆演劇の一人舞台という活路を見いだし、彼女の第二の人生が始まったのだ。ここ遠州は、日本全体では「見えない星」だった光代の輝きが、唯一観測できる場所でもあった。

その石溝光代が——今年の大衆演劇祭を目前に、世を去った。もう一週間も前に。

静岡新聞の朝刊で彼女の訃報を知り、ぼんやりと呟いたのを、同居人の小吹蘭都《おぶきらんと》は聞き逃さなかった。

「そうか……光代さんがねえ……」

初夏のじっとりした風が網戸越しに入ってきて、居間とひと続きの〈保管室《アロマ・ストレージ》〉のソファで寝そべっている俺の前髪をかすかに揺らした。ここは一階にブラジル料理店〈未来世紀BZ〉、二階に蘭都の経営するアロマサロン〈オフラン〉のある建物の三階で蘭都の自宅だ。高い位置にあると、室内に熱気が籠もりやすいが、この〈保管室〉壁面の冷蔵棚には、紺碧《こんぺき》、薄浅葱《うすあさぎ》、孔雀青《くじゃくあお》、深藍色《ふかきあいいろ》、と眺めているだけで海の底に沈んだ気分になれる蘭都の商売道具の小壜《びん》たちが並んでいる。おかげで気分だけはだいぶ涼しい。

湿った風とともに、階下に広がる高架下の広場で寛《くつろ》ぐどこかのサラリーマンの咳払いと、さらにその地下を流れる新川《しんかわ》のすえた匂いもついでのように入ってきた。

遠鉄《えんてつ》線の電車のガサゴソとした走行音が、体感温度を上昇させる。

まだ夏の序章か。夏をごっそり粗大ごみでどこかに捨てられないものか。

不意に——カツカツ、とヒールの音が聞こえた。俺は身体を起こして、窓の外に目をやった。いつも通りサラリーマンがベンチでうたた寝をしている広場を、一人の女性が颯爽《さっそう》と通過していった。ベージュのレースのフレアワンピースと長い髪が、風鈴のように風に反応して一瞬の涼しさをもたらした。その姿は、どこか銀幕にいた頃の、若き石溝光代を思わせるものがあった。

「地元の有名女優に、出戻りのひねくれ画家が〈さん〉付けとはね。何か特別な思い入れでも？」

我に返ってリビングのほうを見ると、蘭都はいつものように壜にビネガーを注ぎ入れ、砂糖、塩、胡椒《こしょう》、鷹の爪を順に混ぜていった。それから、赤と黄色のパプリカを縦長に切り、交互に壜に差してぎゅうぎゅうに敷き詰める。いい頃合いにパプリカが引き締まるのは二日後か、三日後か。

「俺はそのへんの地蔵にも〈さん〉を付けるよ。あと、フジサンにも」

「あれは山だ」

こういう時の蘭都は決して深追いをしない。そのくせ、何かに感づいている。嫌な野郎だ。他人の記憶の、誰も入れないようにしてある扉を、それとなく特定してしまう。

石溝光代は、俺にとってある意味でたしかに特別な女優だった。毎年、夏に〈舘山寺《かんざんじ》アコーホテル〉で行なわれる〈舘山寺アコーホテル大衆演劇祭〉。もともと大衆演劇を地元に根付かせるために光代が始めたイベントらしく、彼女が大トリを務めるのが恒例となっていた。まだ十五歳だった俺は、そこで初めて彼女に会い、絵を描くことになったのだ。

まだ右も左もわからぬ中学生の自分に彼女がかけた言葉は、一生忘れないだろう。

――坊や、いい目だに。私の肖像画、描いてみまい。

そう、彼女は俺の、人生最初の依頼人だったのだ。中学生だった俺は、無我夢中にその依頼に応えた。簡単なデッサンだけのつもりが、緊張ゆえかいつもの倍の速さで細部まで描きこみ、さらさらと色までつけた。わずかにはだけた着物姿で、脚を組みながら煙草《たばこ》をくゆらせる石溝光代。誰も知らないロックでばさらな光代が、たしかにそこにいた。マネージャーらしき男も、日ごろは俺を褒めなかった父までも、その場にいたみんなが俺の絵を褒めてくれたっけ。

「まあいいや。珈琲《コーヒー》、沸いたけど、飲む？　ちょうど治《じ》一郎《いちろう》のバウムクーヘンも手に入ったし」

「俺が断るとでも？」

もう一度窓の外へ視線を戻した。だが、もうそこにはさっきの女の姿は見当たらなかった。ため息ともつかぬ息を吐き出したところで、一本の電話が鳴った。

それが、その夏の災難の始まりだった。

第一章

1

「蒼《あお》さん久しぶりです、お元気でしたか？　あまり売れてないって聞いて心配してたんですからね？」

丁寧な口調ながらずいぶんな挨拶だ。まだ午前中ってことは、こいつはこれを素面《しらふ》で言っているのか。よけいに気が滅入《めい》るが、通話ボタンを押した俺にも責任はある。

「相変わらず早口だな」

知らない番号だったが、開口一番間髪入れずに話すその独特の口調から、すぐに後輩の澤本《さわもと》だと思い出せた。

澤本亮太《りょうた》は、高校の絵画部の幽霊部員だった。文学趣味のある奴だったが、絵にはあまり興味がなかった。絵がうまくなりたいとぬかして入部してきたが、いま考えてみれば、たぶん女目当てだったんだろう。同級生の女子に完全に惚れていたようで、何かと言えば絵を描くなんてそっちのけで話しかけていた。結局、一年の夏とかその手前くらいで振られてからは徐々に足が遠のいて、一年の終わりには退部届が出された。それでも、入部してきた最初は、俺もそれなりに目をかけてやったり、飯に誘ってやったこともあったのだ。

「早口は治らないっすねえ。いやぁそっかやっぱ先輩覚えていてくれたんすねぇ」

「好みに関係なく、忘れるのが難しいものってあるからな」

「何にせよ光栄っすよもう。じつは先輩と俺の仲を見込んで頼みたいことがあるんですよ」

「二、三会話を交わした仲って意味か？」

「ツレないっすねぇ、相変わらず」

嫌味がまるで通じない。澤本はメンタルにエナジードリンクを十本くらい注入しているのか。

「俺、また絵を始めようかと思いましてね」

「へえ。がんばれ。翼をさずける」

この手の話題は苦手だ。社会に出てそこそこ稼ぎ出した奴ほど「絵描きの道も考えたんだけどさぁ」と言いたがる。考えてもやらなかったなら、そんな道はないのと同じだ、忘れろよ。そうストレートには言えないから、苦手なのだ。

「それで、先輩に絵を習えないかなって思いましてね」

「そいつは無理だな。人に絵を教えるのは向いてないんだよ」

人にものを習おうとする奴ほど、実際にはそうする気がない。経験則だが、およそ八割において真実だろう。

「そう言わないでくださいよ。時間だって先輩の都合のいい時でいいですし、ミッションを達成するまででいいんですから」

「ミッションだぁ？」

「じぶん、秋野《あきの》不矩《ふく》の絵を模写できるようになりたいんすよ。とくに八四年に描かれた『廻廊《かいろう》』が好きで」

それは俺のお気に入りの一枚でもあった。秋野不矩が、一年間客員教授としてインドに渡った経験から描かれた絵で、インドの寺院の廻廊による光と影の連続線が、まばゆい光の彼方まで続いている光景を、デフォルメされた遠近法で一切の説明的な描写を排して描いた大作だ。日本画特有の紙本金地着色を用いながら、まったく新しい着眼点から芸術に昇華している。具体的な土地や歴史、宗教性から解放されたところで崇高な表現に辿《たど》りついており、秋野不矩の代表作とされることも多い。

たしかにこう具体的な目標を出されると、そこまで不真面目《ふまじめ》な話という感じがしない。だが、本当に本気なんだろうか？　高校時代も、こいつは何度か絵を教えてくれと言ってきたことがあったが、意中の女子の気を引くためでしかなかった。その後、澤本はもともと入りたがっていた文芸部に移籍し、蘭都の後輩として過ごした。

「おまえって結局大学とか行ったんだっけ？」

「行ってますよ、そりゃあ。文学部です。チェーホフですよ、チェーホフ」

「ああ、劇作家か」

「俺の四年間はチェーホフに捧げるつもりで入ったんですけどねえ、まあ結果から言うと、何もやることのない無駄な場所でしたから、すぐ辞めちゃいました」

高校を卒業してすぐに絵の世界に飛び込んだ俺にはどのみち縁のない世界だ。無駄というならきっとそうだったのだろう。

「で、なんで文学畑のおまえが急に絵を？　しかも模写とか、どういう必要性でそんなことを……」

「もちろんタダじゃないっすよ」

それを早く言え。売れない画家は、すぐに経済危機を迎える生き物なのだ。来月のソファ賃料一万五千円が払えなくなりそうで困っていたから、背に腹は変えられない。

「週に一度でいいのか？」

「できれば二回。その代わり、御月謝五十万くらいまでなら何とかしますよ。親父はそれくらいなんとも思ってないんすから」

「父親に払わす気か？」

「そりゃそうでしょう。俺は数ヵ月前に会社辞めて無職っすから」

無職の男が絵なんか習ってどうする気だ？　本気で画家を目指そうってのか？　稼げる職業じゃないぞ？　危うく出そうになった言葉を飲み込んだ。よけいな一言でみすみす五十万を逃す手はない。

聞きたいことは山ほどあったが、しょうじきこの男相手にこれ以上会話を続けることには耐えられそうになかった。本当なら顔を合わすのすらご免こうむりたいところだが、人間というのは金のためにはいかなる苦行も克服できるようにつくられている。

「じゃあとりあえず明日の午後来てください」

俺は澤本の告げる自宅住所をメモした。細江町《ほそえちょう》か。あまり土地勘のないエリアだったが、いまの世の中はどんなときでもグーグルマップという心強い味方がいる。

電話を切ると、何年分か歳をとった気がした。

記憶の中の澤本は、不敵な笑みを浮かべているくせに、どこか臆病な気質を漂わせてもいる中途半端な不良だ。いけ好かないところも多いが、だからと言って憎たらしいばかりでもない。薄っぺらで自分本位なその性格も、そんな胡散臭《うさんくさ》さを隠せないところは好感が持てなくもなかったが、卒業後にまで会いたいタイプではない。たまたま学力が同等とかそんな理由で学校という一つの箱に閉じ込められただけの関係を、卒業してまで続けるなんてのは酔狂《すいきょう》に違いない。

「……なんてことをここにいる俺が思ってもなぁ」

俺自身、高校時代の友人、小吹蘭都宅の〈保管室〉のソファを間借りしている。いわば、たまたま一時期同じ空間にいただけの縁で連絡をとったばかりか、そこに転がりこんでいるわけだ。人のことは言えない。

「なに一人でぶつくさ言ってんの？」

蘭都がカットして皿に載せた治一郎のバウムクーヘンを、ソファで寝そべっている俺の腹の上に置いた。電話の内容までは聞いていなかったようだ。

「何でもねえよ」

「いやな科目の前の休み時間みたいな顔してる」

「おまえ無駄に鋭いんだよな」

ヤクザの組長の息子ってのは動物的な嗅覚が鋭くなったりするもんなんだろうか。蘭都を見ていると、ときどきそんな疑問が湧く。こいつの父親は小吹組という組織の組長だ。若い頃はレコード蒐集《しゅうしゅう》家だったが、今となっては音楽は配信でしか聴かないらしく、大量のコレクションは蘭都の家の裏手にある倉庫にしまい込まれている。そして、そこは今ではアトリエとして俺に無料で貸し出されていた。

「そういう顔してると、早く老《ふ》けるよ」

「老けたら先輩として敬え」

「あ、そうそう。来週だからね。家賃」

「家賃イズ来週。外国人に聞かせたらＷＨＹ？　って言われるぜ」

蘭都は楽しげに笑った。俺のカツカツな人生がおかしいのか？　たぶんおかしいんだろう。人気アロマサロン〈オフラン〉を営むコイツにしてみりゃ、上階のソファの寝床料金なんて本当はとらなくてもいい金だ。こっちが意固地《いこじ》になって払っているだけでどうでもいいと思っているに決まっている。

「払えるアテがないなら今月は飛ばしてもべつに……」

「親しき仲にも礼儀ありだ。そのうち当然のように住むようになるからな」

「それならそれで仕方ないけどね」

情に厚いのか薄いのかいまだにわからない。

「大丈夫だ。アテならできた。ところでおまえ、澤本亮太って覚えてるか？」

俺はさっきの電話について話した。

「へえ、あの澤本が絵をねえ」

「イメージに合わないよな？」

「人間、年齢を重ねると思いもよらぬ方向へ興味が向くもんじゃない？」

「まあそうだけどな」

「絵描きにでもなりたいのかな。だとしたら売れてる人間に教わったほうがいいはずだけど」

「そうだな、パブロ・ピカソなんかいいんじゃないか？　超売れっ子だ」

売れない画家には言葉を選ぶべし、と道徳の授業で教えた方がいいかも知れない。くつくつと笑っている蘭都を後目《しりめ》に、俺は治一郎のバウムクーヘンをフォークで薄く切り取って口に入れた。絹のようにしっとりとした食感が口内に溢れる。治一郎を食べたことのある人間とない人間では、バウムクーヘンに対するイメージはまったく違うだろう。それくらい、この歯ざわりには独特のものがある。

「ところで、澤本の実家ってそんなに太いのか？」

「もともとは、そうだろうね。地域との信頼関係さえ一度築ければ、医者って職業はパチンコでフィーバーした時みたいに放っておいても儲かるようにできてる。とくに〈澤本クリニック〉は総合病院だしね」

「もともとはってのは？」

「まあ最近はだいぶ閑古鳥《かんこどり》が鳴いてるって噂だね。ご近所が高齢化しすぎたってのもあるのかも。話相手ほしさに訪れる高齢者ばかりでは医療は成り立たない。まあそれでも町工場よりは儲かってるだろうけどね。学校の定期検診の出張とか講演会とかセミナーなんかの副収入もあるから財源確保に苦労はしない。それに、いざとなれば、収監を逃れたいヤクザのために虚偽の診断書を書いてやるっていう副業もあるだろうし」

「じゃあ息子が無職でもべつに問題ないわけだ」

「無職は……どうだろうな。金持ちであればこそ世間体は気にするはずだ。親父さんが今の澤本をどう思ってるかは僕にはわからないけど。しかし、そうか、あいつは結局文学部中退しちゃったんだな。何というか……残念だ」

「なんでおまえが残念なんだよ？」

「あいつは文学への情熱は人一倍ある奴だったし、研究への熱意は高校の時点でかなりもっていた。だから、東京の大学に行ったって聞いてホッとしたんだ。しょうじき、人との付き合い方の基本がなってない奴だから、ふつうの社会人にはなれないと思った。研究者としてうまく生きて行けなかったら、ほかに道はない」

「心配してる口調だが、内容は辛辣《しんらつ》だな。まあたしかに、あの男には敬意というのが欠けてるよな」

「しょうがないさ。子どもの頃から親に選民思想を植え付けられれば、人間ああなるよ。『跡を継いで医者になるおまえはほかの子とは違う』と言われ続けたら、たとえそのコースからドロップアウトしても意識だけは〈選ばれた自分〉であり続ける。うちの学校は進学校とは言っても医学部への進学率は高くない。ある意味、入学した時点で彼は親の期待を裏切っていた。文学への興味は親への反抗心みたいなものと結びついていただろう」

蘭都は立ち上がり、二杯目を飲むためにふたたび珈琲を淹れはじめた。口の中の甘みを断《た》ち切りたいタイプなのだ。

「なるほど。つまり、もとを辿れば親への反発で夢を決めたようなもんだな」

俺が笑うのに被せて、蘭都は皮肉な笑みを浮かべた。

「君はどうなんだ？　親と今の自分が選んだものは無縁と言い切れるか？」

いやな質問をしてくる野郎だ。ごぼごぼごぼ。珈琲メーカーもクレームをつけている。

俺の味方のようだ。

「どうだろうな？　だが絵を描く時にいちいち親の顔を思い浮かべたりはしない」

「べつの言い方をするなら、絵を描いているときは、親のことを考えなくて済むわけだ」

「……物は言いようだな」

蘭都の言わんとしていることはわかっていた。誰もが親と自分を切り離すことができない。かく言う蘭都にしたところで、ヤクザの組長の父親をもったことと、アロマテラピーという職業を選んだことは決して無縁ではないだろう。そして、澤本にとってはそれが文学だったということか。

「何にせよ、澤本は文学の道を諦めて実家に戻り、働きもせず家にいるんだろ？　絵描きを目指す気か何なのかはわからないけど、それ相応に厄介な話には違いないよ」

「覚悟はしてるよ。ただでさえ好きな相手じゃないからな」

なぜ大人になってまであんな奴と関わらねばならんのか。まったく自分の金のなさには呆れる。金さえあればこんな依頼、一笑《いっしょう》に付《ふ》してしまえばよかったわけだから。

「僕がよろしく言ってたって伝えておいて。アロマテラピーならいつでもできるよって」

「営業熱心だな」

「だから稼げてる」

蘭都は笑って俺の肩を叩くと、二階の職場に戻っていった。

俺はバウムクーヘンの最後の一片を食べると、自分のために用意された申し訳程度のラックから秋野不矩の画集を取り出した。俺にとって、地元出身画家の秋野不矩は神棚に祀って崇める存在ではなく、生き方のモデルケースだった。国の展覧会で成功を収めつつ、官展から距離を置いて自らの作風を模索し、まったく新しい日本画の世界を確立した。あいにく、俺の人生は秋野不矩の半分も見通しが立っていないわけだが――。

溜息をつきながら、ソファに身を投げた。

目を閉じると、高校時代からの恋人だったフオンとの別れが思い出された。東京での同棲を解消されたことで、俺はここへ舞い戻った。突然のフオンの失踪。そして浜松まつりの夜の事件をめぐっての再会。あれから数カ月か。今頃彼女は、どこかの街でバックダンサーとして活躍しつつ、その合間にダンスのオーディションを受け、いつか栄光を摑《つか》む日を夢見ていることだろう。

栄光の日々からずるずると坂道を転がってとうとう生まれ故郷に流れ着いた今の俺と、その栄光に向かって坂を上るフオンは、まったく反対のベクトルに向かっている、とも言える。

やめろ、濱松《はままつ》蒼。自分を卑下《ひげ》する暇があるなら筆をとれよ。

息をしているかぎり時間は無限大だ。巻き返しをしたけりゃご自由に。とりあえずは「家賃」だ。それさえ何とかなりゃいいんだ。

窓の外に目をやった。一週間行っていないアトリエでは、制作途中の大作が布の下で主《あるじ》の帰還を待っている。わるいな。あいにくまだ主は野暮《やぼ》用で帰れない。

遠鉄電車の走る音が聞こえる。さびれたブレーキ音。この街の呼吸。この街が何の疑いもなく自分の〈身体〉だった時代があった。

今は――どうなんだ?

2

翌日、荘厳《そうごん》なラーメン屋みたいな雰囲気の気賀《きが》駅で天浜《てんはま》線を降りて、静岡銀行のほうに向けて県道を直進すること五分。突き当たりを右の小道に折れ、山に向かって緩《ゆる》やかな坂を上ると、目的地が見えてきた。時計を見れば、俺にしては珍しいことに、約束の時間きっかりだった。

敷地外周に白い石畳の舗道《ほどう》があり、同じ素材で石塀《いしべい》が築かれている様子はさながら現代の城といった雰囲気があった。石壁には円形の覗《のぞ》き穴があり、そこから英国風の立派な庭園がみえる。豪邸の豪の字を三つ重ねたような重厚な趣《おもむき》のある門構えに、思わずインターホンを指圧するみたいにゆっくり押してしまった。

すぐに澤本が顔をだした。高校時代に比べていくぶん体型が横に広がり、額もだいぶ後退していたが、くるくるとした瞳はいまだ少年じみていた。

「そんなに丁寧に押したらインターホンが調子に乗りますよ」

「インターホンとおまえの神経はリンクしてんのかよ」

澤本はふっと笑って「窓から見てたんすよ」と答え、どうぞ、と俺を促した。

庭園の中央を通る煉瓦《れんが》の小道を通りながら、いくつかの薔薇《ばら》の蔓《つる》が巻かれたアーチを潜《くぐ》る。まったく、本邸に辿り着くまでに相撲《すもう》の立ち合い並みに時間をかけさせやがる。

「母親はガーデニングが好きなんですよ。暇だからやることがなくてこんなことばかりしてる」

英国風の庭園を維持するには、それ自体に手間も金もかかる。医者の妻ほどの地位ならば、そうした趣味に手を出したくなる気持ちもわからんではない。

「立派な趣味をそんなふうに言うことはねえよ」

「ダサすぎて涙が出てきますよ。雑草の美しさも理解できない人間が、高い金出して世界中から花を買い集めて庭の余白を埋めたって醜悪《しゅうあく》の極みです。そうでしょ?」

「クロード・モネは絵画のためにまず庭園を造った。おまえの言でいけば、モネも醜悪の極みになるな」

「画家はべつですよ。崇高《すうこう》な目的があるじゃないですか」

「人間てのはそもそも醜悪なもんだよ。そんな一段高いところからモノを言えるほどおまえはきれいに生きてきたのか？」

俺が歯に衣着せぬ物言いをするのは、べつにコイツが後輩だからではない。単に嫌いだからだ。そして、これだけ言っても、たぶんコイツは一ミリもこたえない。

「きれいな生き方が俺の取り柄ですからね」

「それで会社も辞めたのか？」

「いやな上司がいたからですよ。俺のせいじゃありません」

「最近の若い連中はみんなそうして会社を辞めるって話だぜ？」

「先輩が俺を嫌いなことはわかりました。よくここに来ましたね？」

「金がほしいからな」

「先輩には矜持《きょうじ》ってものはないんですか？」

「他人にやすやすと見えるようなところには置かないのさ。俺に矜持がないように見えるんなら、隠し方に成功したってことだ」

「言い訳にしちゃ長いですね」

「黙って歩けよ」

もう少しで尻を蹴飛ばすところだった。

澤本は庭園に面したバルコニーから、そのまま屋敷に上がり込んだ。バルコニーの木製丸テーブルの上には、表面にまだ水滴のついているビールのグラスがある。隣には〈HAMAMATSU BEER〉のボトル。誰かがここで飲んでいたのだ。父親だろうか。

「靴は脱がなくていいですから、そのままどうぞ」

言われなくてもそうするつもりでいた。だが、一歩屋敷に足を踏み入れた瞬間、俺は呼吸を止めた。

室内の壁にかかった秋野不矩の《廻廊》から、後光が差している。十代の頃、初めて彼女の絵を観たときに感じた興奮と寸分たがわぬ体験だった。

「残念ながらこれはレプリカっす」

「……だろうな。こんなところに本物が飾られているわけがない」

秋野不矩は浜松出身で、世界的にも名を知られた画家だ。その作風は、柔らかでしなやかなオリエンタリズムを感じさせる。いつの、どこの世界ともわからぬのに、同時にそれが観る者の過去にも未来にもあったように思わせる独特の世界観がある。

彼女の作品の多くは、市内にある浜松市秋野不矩美術館に所蔵されているが、《廻廊》

はたしか、静岡県立美術館にあるのではなかったか。

「でもオヤジは本物の秋野不矩の絵も持ってるんですよ。観たいですか？」

「……待てよ、もしかして、おまえの言った模写がしたいという絵は、本物か？」

「そうっすよ。まだ一度も美術館なんかで展示したことのない貴重な作品です。画家なら絶対観たいんじゃないっすか？」

　こんなところで未発表の原画を拝めるとは。だが、コイツの親の財力を考えれば意外というほどでもない。俺はしばし黙った。その絵をこの馬鹿が模写できるようになるには、どれくらいの時間を要するのか。二、三カ月じゃ難しいかも知れない。長期の仕事になれば、そのぶんせびれるから助かると言えば助かるが。

　澤本の案内に従って黒檀《こくたん》の階段を進む。途中で、アルコール臭に気づいた。見上げると、蝙蝠《こうもり》のような雰囲気を漂わせた長身の老人が、踊り場の手すりに肘をついている。眼鏡の奥から覗いた細い目は、レントゲンの白い肺も真っ黒に変えそうなほど猜疑《さいぎ》心に満ちてみえる。

「働きもせずに習い事か。いい身分だな」

　老人は澤本に向けて言ったようだった。

「俺は画家になるんだよ。つまり就職活動」

本気なのかわからないが、澤本はそう答えた。どうやらコイツが澤本クリニックの院長で、澤本の父親のようだ。だいぶ歳の離れた親子だ。

「ヤクザな商売に手を出す気か？」

「家でゴロゴロするなって言ったのは誰だよ？」

老人はその言葉にしばし黙った。それから俺のほうをちらっと見やる。

「いい商売だな。医者の倅《せがれ》から金をせびるとは」

「知恵をタダと思うのはこの国の悪《あ》しき風習だと思いますよ。医学部の学費が無料でも納得しますか？」

「神の術《すべ》を会得するのと同じにされても困るね」

「医は人術《じんじゅつ》って言葉を知らない医者には初めて会いましたよ」

澤本は俺の言葉にふふっと笑うと、行きましょう先輩、と言って老人の横を素通りした。俺は黙礼《もくれい》をして老人の前を通り過ぎた。老人は何か言いたそうな顔をしてはいたが、結局何も言わなかった。

部屋に入ると、澤本は鍵をかけた。壁じゅうに額縁に入れた名画が飾られ、さらにその名画が見えなくなるくらいに、額に入れられていない絵が無数に立てかけられていた。誰でも知っている名画のイミテーションや、確実に超有名画家のタッチだが見たことがないものなど、古今東西入り混じった雑多な作品群が息を潜めて鎮座している。真贋《しんがん》こもごもと言ったところだろうか。

「ここは、親父のコレクションが眠ってる場所です。ふだんは入らせてもらえないんすけど、画家に絵を教わるって言ったら渋々貸してもらえました」

「意外だな、ケチなだけのじいさんに見えたが」

「プロの画家に自分のコレクションを見せたい欲求に打ち克《か》てなかっただけですよ。さっきは親父が失礼なことを言ってしまってすみません」

「おまえほどじゃないし、気にするな」

「先輩の打ち返しは見事でしたよ。対親父って意味では俺と先輩は分かり合えそうですね」

「糞喰らえだ。早くその絵を見せろよ」

澤本は片眉を上げながら、左側の壁にかかった絵を示した。

「この絵ですよ」

これまで画集や美術館の展示では見たことのない絵だった。スケッチブックにデッサンをしたためたものに光の黄色だけ簡単に色鉛筆で着色されている。構図は《廻廊》と似ているが、まだいろいろ構図や筆遣いに甘い部分がある。しかし光と影の交差する廻廊が描かれている点は同じだ。若い頃の習作か何かだろうか？　しかし、《廻廊》は秋野不矩が齢《よわい》五十四にしてインドに渡った経験を経て七十六歳で作り上げた作品。渡印前の習作なんてあるだろうか？

「初めて見る絵だ。この絵を模写したい、と？　なぜ？」

「好きな絵だからですよ。ほかに理由が要《い》りますか？　この彼方《かなた》に光のある感じ、何かを信じていれば報われるっていう感じがするじゃないですか」

「おまえに何かを信じる気持ちなんかあんのか？」

「いや、誰だってあるでしょうよ。自分の才能とかね」

「ああ……」

この習作がどうかはわからないが、八四年の《廻廊》に関してはそうかも知れない。インドの聖堂の廻廊という宗教的モチーフが極限まで抽象化されることで、神から離れ、個々にとっての〈何か〉に置き換わり、それが絵画の〈個人的体験〉に結びつく。黄色は、秋野不矩の求めた永遠のテーマカラーだった。不矩はその色に、簡単には言葉にできない絶望の底にあるひと掬《すく》いの希望を見ていたのかも知れない。

「それが、おまえがこの絵を好きな理由か？」

「ええ。それに、描くの簡単そうだし」

「素人が言ってくれるね。第一、模写だって習得するには年月がかかる。その覚悟がおまえにあるのか？」

「先輩次第っすね。先輩の教え方がうまけりゃ、俺のやる気も続くってなもんです」

どこまでも他力本願な様子は、高校時代から変わっていないようだった。

「なら座れ。始めるぞ」

長居はしたくなかった。一日に習得できる適度な量の知識を詰め込んで、二時間以内に引き揚げよう。

ところが、デッサンの基礎から始めて三十分程講義をした頃――。澤本はうたた寝をしていた。頭をはたいて起こしてやると、澤本はさもずっと聞いてたような顔で、「続きをお願いしますよ」と訴えた。

「やなこった。寝てたじゃねーか。何の意味もない」

「先輩の話がちんぷんかんぷんなのがいけないんっすよ。教えるの下手ですか？」

「おまえに聞く気がないだけだろうが」

澤本はさもこっちが悪いかのように不貞腐《ふてくさ》れて溜息をついた。

「じゃあこうしましょう。とりあえず先輩が描くのを一回後ろで見てますよ」

「あん？」

「まずは先輩が手本を見せてくださいよ。どういう手順でやるのか、俺、先輩が描くとこを見てたら、多少感覚が摑めると思うんですよね。昔から、教わるより自分で技を盗むほうが得意だったんで」

「生意気なこと言ってんじゃねえよ……でもまあ、金払ってんのはおまえだからな。おまえのやりたいようにやってやる」

これ以上揉めるのは面倒だった。俺も秋野不矩の絵をデッサンするのは久しぶりだ。高校時代よりは画力は当然上がっている。いまもう一度秋野不矩の絵をなぞることにはそれなりに意味があるだろう。まして、世に出回っていない特別な絵だ。こんなチャンスはそうそうあるもんじゃない。

それにしても、この絵はいつ頃のものなのだろう？　だいぶ初期の、まだ彼女が日展に出展していた頃のタッチに近いが、《廻廊》と同じ風景ということは、後期の作品のはず。地元の有名画家だから、世に出回っていない作品の一つや二つ、同郷の資産家が持っているのはままあることかもしれない。

まず鉛筆で絵の構成を確認する作業から入っていると、澤本が話しかけてきた。

「そういや、石溝光代、亡くなったらしいっすね」

「みたいだな」

石溝光代が死んだ話題なら、市内のそのへんの喫茶店でもおばちゃんたちが話している。驚くには当たらない。

「心不全らしいっすね」

それも新聞に情報があった。死因としては、うっかり忘れてしまいそうなくらい平凡な部類ではある。

「まあ、歳が歳だから不思議はないけどな」

「大女優ですよ。地元的に、ですけど」

たしかに地元での評価は高い。中でも、劇団たんぽぽの創始者である女優・小百合葉子《さゆりようこ》の人生を舞台化した『蒲公英《たんぽぽ》の如く』は、葉子自身が浜松の引佐郡《いなさぐん》生まれということもあって非常に好評だった。数年前には地元の功労賞まで授与されたくらいだ。

「もともと俺らの生まれる前は全国区だ」

「でも後半は落ちぶれた。それが一般的な見方じゃないっすか？　浜松じゃ生前の活躍を特集したりしてますけどね。地元愛の強い土地ですからねえ。彼女が日本ではいち早くメソッド演技法を取り入れていたとか、そういうところには無関心なんでしょうけどね」

急に饒舌《じょうぜつ》になった。最初からよくしゃべってはいたが、この話題にはそれまでとは違った熱がこもっている。そう考えて気づいた。

「なるほど、演劇学科専攻の学者さんからしたら、地元の騒ぎ方は馬鹿みたいか？」

「べつに。俺も彼女の功績は認めてますからね」

澤本は鼻を鳴らした。いつになく不機嫌そうな鼻の鳴らし方だった。

「上から目線だな」

「距離があるだけですよ。俺にとっちゃ、演劇界の偉人てのはぜんぶ研究対象ですから。石溝光代は、トップをとれたはずの女優ですよ。日本のアカデミーの世界は、大手映画会社と大手芸能プロダクションの忖度《そんたく》で賞候補の作品や俳優が決まる。彼女のプロダクションは小さいところでしたから、当然引っかかるわけがない」

「でも、けっこう準主役クラスをやってたと思うが？」

「準主役クラスで賞をとるのは、たいてい昔花形だった人たちですよ。言ってみりゃ、大手プロダクションの勤続功労賞みたいなもんです」

「例外もいっぱいいる気がするがな。だがたしかに、売れていたわりに脚光を浴びなかったという印象は、うちの親も持っていたみたいだ」

「石溝光代がそうしたレースからあぶれていたというのは確かだと思いますね」

「ふうん。おまえが地元出身の女優に注目していたっていうのは、なんだからしくないな。もっとマニアックな女優を好んでアイデンティティの餌《えさ》にしてそうなのに」

「先輩も大概俺のことが嫌いですね」

「わかるか」

澤本はくっくっと笑った。

「いいですけどね、俺も先輩のことは何とも思ってないし、先輩の絵もすごいと思ったことないっすから」

「そりゃどうも」

「でも、ご名答っすよ。俺は自分から石溝光代に興味をもったわけじゃないです。親父がやたらと石溝光代にご執心でね、よく映画を観ていたんで、俺もとなりで観てたわけです」

「親父さんはファンなのか？」

「んん、大昔近所だったたって話は聞いたことありますね。でもそれより医者だから彼女が晩年にもった障害のことで興味もったんじゃないっすかねぇ」

「障害？」

「知りませんでした？　彼女、この一年、認知症にかかってたんすよ」

「……ふうん」

「先輩も石溝光代に思い入れがあるんですか？」

思い出していたのは、煙草をうまそうにくゆらせ、長い足を組んでいた石溝光代の姿。

あれから何年経った？

七十代になった彼女は、認知症と診断されてからたった一年で亡くなった。華のある世界を生きてきた者の死はそんなものなのか。

「いや、なんもねえよ」

「嘘でしょ？　何かあったって顔です」

「大した縁じゃない。その昔、絵を描いたんだ。彼女の絵をな」

「先輩が？　どうして？」

仕方なく、そのときの状況を一通り話した。へえ、すごいじゃないですか、と大して驚いたふうもなく澤本は言った。自慢にもならん話を、なんで俺はこんな奴に話してしまったんだろう？　記憶の扉をむだに他人に開けて見せたことに少しの後悔をしながら筆を進めた。

その日は結局、デッサンだけで終わった。澤本が「へぇうまいもんすねえ、画家になれますよ先輩」などとナメたことを抜かしていたが、取り立てて相手にする気にもならず、二時間足らずの滞在で帰ることになった。

「先輩の模写、参考にしながら描きたいんで、完成したら次のレッスンの前に連絡くださいよ」

「やなこった。次にもってくればいいだろ？」

「こっちは金を払ってるんですから、少しは言うこと聞いてくださいよ」

俺は舌打ちをして曖昧に頷いた。本当のところを言えば、早くに模写を渡すこと自体はそれほど難しい話ではないが、コイツの指示通りに動くのは気に食わない。

「まあ出来次第もってく。で、次はいつにする？」

「んん、来週っすかね……週二って言っても、曜日とかはなかなか決めづらいんで、まあお互い空いてる日ってことで。とにかくまた連絡しますよ」

「無職が寝言を言うなよ。暇だろうが。いいけど、金はいつ振り込むんだ？」

「いま渡しますよ。一ヵ月分入ってます。これで光熱費払えます？」

「おまえに光熱費事情を明かすほど落ちぶれてねーよ」

光熱費がかかっていないことは企業秘密だ。

「先輩は幸せですよ、大した絵も描けず貧乏なのに、まだ好きな世界の淡い酸素を吸っていられる」

「ああそうよ、俺は幸せ者だ。毎度アリ」

淡い酸素？　そんなもん本人に吸う気がありゃ誰にでもあるだろうに。封筒の厚みだけ確かめて懐《ふところ》にしまうと、部屋を後にした。澤本も見送ろうとはしなかった。階段を降りて、行きに通った窓からバルコニーに出たところで、しわがれた声に呼び止められた。

「息子がしばらく厄介になるな」

先ほどの老人が、丸テーブルの横にあるリクライニングチェアに腰かけてビールを飲んでいた。昼間っから酒を飲んでいるということは、今日は非番で呼び出される心配もないのだろう。たしか澤本クリニックは総合病院だから外科病棟もあるんじゃなかったか？いや、蘭都が今は閑古鳥が鳴いていると言っていたっけ。

「後輩の頼みですから」

「金は受け取ったか？　多めに入れておいてやった。感謝しろよ貧乏画家」

「……そりゃどうも、暇なお医者さん」

軽口のつもりが、思いがけず澤本の父親はムッとした表情になった。

俺はそれに気づかぬふりでバルコニーを突っ切り、庭園をわけ知り顔の蜥蜴《とかげ》みたいに駆け抜けた。そして、できることなら、もうここへは来たくないと考えていた。

だが、実際には、俺はその翌日もこの邸宅にやって来ることになった。

それも、澤本亮太に呼び出されたからではなかったのだ。

3

「お帰りなさいませ！　オーナー！」

〈舘山寺アコーホテル〉のチーフマネージャー、斎藤麻実《さいとうまみ》は思わず声が弾《はず》んでいる自分に気づいた。エントランスの回転扉から現れた女性は、このホテルの女神であり支配者でもあった。迷惑客には毅然《きぜん》とした態度で接し、従業員には丁寧に指導し、相談事は口にする前に察してくれる。あまりに人間として隙がなく超然としすぎているため、近寄りがたく、それでいて彼女を見かけると飼い犬にでもなったみたいに嬉しさを漲《みなぎ》らせて話してしまう。

オーナーは、大きめのサングラスをかけ、いつもはまとめている髪を解いて、ベージュのレースのフレアワンピースという私服に身を包んでいた。この初夏のむさくるしさに一服の清涼剤をもたらしてくれるかのようだった。

「遅くなってごめんね、斎藤。浜松駅のほうまで買い出しに行ってきたの」

「とんでもないです。こちらはとくに何もありませんでした」

「そう。それは何より。お子さんは元気してる？」

麻実にはもうすぐ三歳になる娘がいる。仕事が忙しく、実家の父母に任せきりにしているので、休日は麻実から離れない。

「はい、おかげさまで！」

「花火大会が終わったら、遠慮しないで連休とりなさいね」

「で、でもこの夏は予約もびっしりですし……」

オーナーはサングラスを外した。怜悧《れいり》でガラス細工のような瞳が、麻実を見返していた。

「あのね、家族サービスも、給料のうち」

「は、はい！　ありがとうございます！」

それから、オーナーは荷物を下ろした。

「これ、厨房《ちゅうぼう》に渡しておいてくれる？　私、着替えてくるから」

「かしこまりました」

オーナーはフロントの奥にある事務室へ続くドアの向こうへ颯爽と消えた。オーナーの買い物袋を持とうとして、その中身に目が留まった。いくつかの珍しい食材に紛れて、シャトーディケムのボトルが入っていたのだ。

そうか、もうすぐあの人が泊まりにくるんだった……。

そのことを考えると、麻実は胃がきゅっと縮む感じがした。そして、深い憂鬱に襲われることになった。このホテルに何もわるいことが起こりませんように。私たちの大事なオーナーが、無事でいられますように。

麻実はそう祈りながら、厨房へと向かった。

4

昼過ぎまで眠り、まだ頭がぼんやりしているところに電話が鳴った。着信は053から始まる地元の固定電話。すぐに思いついたのは市役所だ。そう言えば住民票を移すのを忘れていた。どうせ無収入では無税だからどうでもよかろうが。

のろのろと電話口に出ると、しわがれた声に怒鳴られた。

「何回電話を鳴らさせる気かね？」

「……どちら様で？」

「亮太の父親だ」

りょーた、と言われても最初はピンとこなかった。が、しばらく考えて澤本亮太のことだとわかった。しかしさらによくわからない。あいつの父親がなぜ俺に電話をかけてくる？

　まさか昨日の帰りがけのやり取りがそれほど気に入らなかったか？　金を返せとでも言うんじゃあるまいか。昨日の帰りに蘭都の家の一階にあるブラジル料理店〈未来世紀BZ〉ですでに散財している。わるいのは、あの店のシュラスコが旨すぎることだろう。

「ああ、どうも……何ですか？」

「三十分後に家に来たまえ。頼みたいことがある」

「頼みたいこと？」

　聞き返したときには、すでに電話は切れていた。人を動かすには短い惹句《じゃっく》があればいいと心得ているようだ。話がある、と言われたら逃げただろうが、頼みたいことと言われれば動かざるを得ない。とくに、裕福な医者の頼みとあらば。

　着るものもとりあえず、澤本邸へ向かった。インターホンを鳴らすとき、澤本亮太が出たら昨夜完成させた模写を先に渡してやるかと思っていたが、出たのは父親本人だった。入りなさい、というのでそのまま長い長い庭園をまた通って例のバルコニーに向かう。

　澤本の父親はラフなポロシャツを着て、昨日と同じくバルコニーで〈HAMAMATSU BEER〉を飲んでいた。

「平日なのに、ずいぶん暢気《のんき》な恰好ですね。急診とかないんですか」

「うちの患者は年寄りが多い。それも、たいていはみんな慢性の持病をネタに話をしに来るだけだ。若い医者に任せておけばいい」

「総合病院にしちゃお粗末なボランティア施設ですね」

「口が悪いのもそのへんにしておけ」

澤本の父は露骨に不機嫌になったのを誤魔化すように酒を呷《あお》った。それから投げるようにして名刺を寄越した。医師としての長い肩書きの横に、〈澤本亮平《りょうへい》〉の字がある。〈亮〉の字を息子に受け継がせたが、病院は継いでくれなかったわけか。

名刺をしまったタイミングで、亮平はこちらを小馬鹿にするような顔つきで言った。

「君は、あまり稼げていないんだろう？」

「ずいぶんあけすけに言ってくれますね。まあまあ稼げてますよ。お宅の息子さんから」

「もっと稼ぎたくはないか？」

「ストレスのない生き方が好みでね、あんたの息子の世話でさらに稼ぐ気はないですよ」

「べつの方法で稼ぎたくはないか？」

「医師免許は持ってませんよ？」

「くだらん戯言《ざれごと》はいい。単刀直入に言おう、君は十二年前に石溝光代の肖像画を描いたらしいな？」

「……ええ、まあ」

澤本は父親と仲が悪いわりにそういうことは話すらしい。仲がわるくてもうっせぇじじぃと突っぱねる仲じゃないわけだ。

「その絵を探してくれんかな。高く買い取りたい」

「あの絵を？」

「石溝光代が死んだいま、彼女の肖像画なんて、この地元にいる者ならだれでも喉から手が出るほどほしいさ。『くさデカ』に出ている芸人のサイン会に長蛇の列ができる街なんだぞ？　そして私もそんな街に生きる一人だ。何より、コレクターでもあるしな」

「たしかに、コレクションは見事でしたよ」

「やってくれるかね？」

「俺はあの絵がどうなったかまるで知らないんですよ」

「私もだよ。だが君は作者だ。やりようによっては、辿り着ける」

「やりよう……？」

「それは自分で考えたまえ。どうする。やるのか？　やらないのか？」

「いくらです？」

「百万を前払いでどうだ？　当座の資金にはなるだろう」

しばらく考えた。手を出すな、と脳の司令塔に住む小人が叫んでいた。

「……やりますよ。ただし、見つからなくても調査費用は別途請求する。それでいいなら」

「よかろう。へんにぼったくる気なら私にも考えがあるからな」

「お互い信用がなきゃ始められないですよ」

亮平は俺を睨みつけたまま、ジョッキを飲み干した。上空を自衛隊の飛行機がごおっと音を立てて飛んでいき、一瞬陽光を遮った。眼鏡の奥の亮平の細い陰気な眼差しが、影の中でよく光って見えた。

「信用できることを証明してくれ。まずは、玄関から帰ることだな。バルコニーから立ち去るのは泥棒と間男《まおとこ》だ」

あんたの息子が教えたんだよ、という台詞《せりふ》は飲み込み、俺は玄関を探すべく屋敷の中に入った。入ってすぐの大広間の右手にある廊下を歩いていくとすぐに居間らしき空間に突き当たった。そこでは亮平の妻と思しき女性が部屋に花を飾っているところだった。

俺は彼女に黙礼して、亮太の部屋はどこかと尋ねた。

ハワイアンのパジャマみたいな服、泡だて器みたいにひっ詰めた頭、丸眼鏡。初見で夢にまで登場して、好みじゃない料理を作って去りそうなタイプだった。来客は珍しくないのか、邸内で自分の知らない男に出会ってもさして驚いたふうはなかった。

「亮太はただいま外出中ですのよ」

「じつは頼まれものがあったので、お部屋に置いて帰りたいんですけど」

彼女は迷っているようだった。勝手に部屋に入れると怒られるのかもしれない。

「お庭、拝見しましたよ。すごくご立派ですね。英国式庭園っていうんですかね、あんな庭を見たら、きっとクロード・モネも絵筆をとりたくなったことでしょうね」

「まあそんな……私なんかまだガーデニングも見様見真似《みようみまね》で、恥ずかしいわ」

すっかり上機嫌になった彼女は、俺を亮太の部屋に案内してくれた。

ドアをわずかに開けると、すぐにつかえた。床一面に本が散乱していた。俺は本をよけながらどうにか机に辿り着く。「チェーホフ理論」と記されたノートには、副題のように「人生はいまいましい罠」とある。いまだ研究以外の道を知らぬ者の呪いの言葉みたいだ。

俺はそこに、昨夜のうちに色をつけておいた秋野不矩の模写を置いて帰った。色彩記憶はカメラ並みだから、あの飾ってあった元の絵と出来はほぼ変わらないはずだ。

それから一階に戻った。入った窓を見ると、バルコニーに亮平の姿は見えなかった。玄関を探すのは次回にすることにして、庭を通り抜けて屋敷を後にした。

帰り道、ふと考えた。澤本亮太が屋敷にいなかったのは偶然か？　それとも、亮平は息子のいない時を見計らって俺を呼び出したのか。

「どっちでもいいか」

何にせよ、俺ひとりではどうにもならなそうな案件だった。石溝光代とは、現在では何の繋がりもない。地元のさまざまな方面に通じた「足」が必要だ。

最初に浮かんだのは、〈未来世紀ＢＺ〉の従業員にして小吹組組員のバロンだった。十代の頃からの顔見知りで、半《なか》ば舎弟《しゃてい》のように慕《した》われてもいる。

ほかには――いないか。まあ、あいつなら協力はしてくれるだろう。きわめて楽観的だが、実際その段階ではその程度しか脳は働いていなかった。

だが、この時俺はすでに、厄介で危険なイバラの繁みにだいぶ足を踏み入れていたのだ。

第二章

1

「なるほど、そういうことですか」

そう相槌《あいづち》を打ちながらも、小吹蘭都は、ネロリがゆっくりと階段を下りてくるのが気になって仕方なかった。

グリーンイグアナのネロリはとても大人しく利口なやつだ。中学校のときに親が何のつもりか突然買ってきた。たぶん、組長の父親は、植物ばかり愛《め》でている息子を心配したのだろう。少しはビビらせようという悪戯《いたずら》心もあったのかも知れない。だが蘭都は爬虫類《はちゆうるい》が大好きだった。

以来、ネロリは家族同然だった。ネロリの考えていることは大体わかるし、ネロリのほうでも時折蘭都の気持ちがわかるような素振りをすることがある。お互い、必要以上に相手にかまおうとしないところは似ている。

そのネロリが蘭都が仕事中にもかかわらず、階段を下りてきている。お腹が空いたか。寝ぼけていた蒼に、起きたらネロリの餌をやっておいてくれとさっき頼んでおいたが、結局まだなのだろう。まずいな。客によっては爬虫類が苦手なことはじゅうぶん考えられる。見つかる前にうまく階上に追い払わねば。

だが、軽く手で追い払う仕草をするも、今日にかぎってネロリは上に引き返す気はまったくなさそうだった。

「ちゃんと聞いてらっしゃいます？　蘭都さん？」

目の前の中年女性は髪をかき上げながら上目遣いで蘭都の顔を覗き込んだ。安達涼子《あだちりょうこ》はこのアロマサロン〈オフラン〉の常連客だった。その彼女が、折り入って話したいことがあるというので、施術《せじゅつ》後に時間を設けたのだった。

ふだんから涼子の好意は感じていたので、告白などされたら面倒だなと恐れていたが、用件は思いがけず彼女の一人娘への施術依頼だった。被施術者本人以外からの依頼というのは珍しい。

「ええ。つまり、いま娘さんが通ってらっしゃる心療内科が信用できない、と」

「そうね。正確に言えば、匙《さじ》を投げたって感じね」

〈匙を投げた〉は医者が患者に対してというのが語源であるはずだが、涼子は医者に匙を投げたと言う。だがここで笑い出すわけにもいかない。

「心療内科というところが、いかにいいかげんなものかよくわかったわ」

「たしかに、医学の世界でも歴史の浅い分野ではありますが、いいかげんと一概に決めつけるわけにはいきません。精神医学的な根拠に基づいて診察は行なわれていると想像しますが」

「どうかしらね？　私、信用できないから、念のために三軒の心療内科に通わせたの。でも、どこでも告げられる症名がちがうのよ。そんなことってある？　みんな違ってみんないいなんて言ってる場合じゃないわ。私の娘を何だと思ってるのよまったく」

「なるほど。そうした経緯があって不信感をおもちなんですね」

ネロリがゆっくりと蘭都に近づいてくる。蒼は外出でもしたのか。どこへ行っている？　暇をしているはずなのに。それにしても三軒でべつべつの症名を告げられたというのはどういうことだろう？　医者も人だから診断ミスはあろうが、すべて違うとは面白い。

もっとも、涼子のようなケースは初めて聞くものの、ここの顧客には心療内科にかかった経験のある人がけっこういる。病院で解決策を得られなかったがためにアロマセラピーに流れ着くというのは、ままあることではあるのだ。

「そもそも、お嬢さんは以前から何か問題を抱えていたのですか？」

「今年になってからよ。ちょっと詳しくは言えないんだけど、とある事情で心に傷を負ってしまったの」

世間体を気にするような言い草から、異性の絡んだ問題なのだろうと想像した。思春期にはもっとも多い事例だ。明確な悪意が潜んでいる場合もあれば、合意という名の早合点《はやがてん》が、思わぬ心の傷を生むこともある。多感な時期にはどのような事柄も、場合によっては傷と勲章《くんしょう》の両方になり得る。

「もっと詳しく話したほうがいいのかしら……？」

涼子はおそるおそる尋ねてくる。できれば話したくないのがありありと伝わる。

「いえ、大丈夫ですよ。僕の仕事はアロマを使って癒しを提供することであって、カウンセラーのように根掘り葉掘り聞くのは業務外です」

「よかった。じゃあお願いできるのね？」

「もちろん。しかし、お嬢さんはご自宅からお出にならないと聞きましたが、そうするとこちらへ施術にいらっしゃるのは難しいでしょうか？」

「できれば……うちへ来ていただけないかしら？　美味しいケーキもご用意しますわ。あの子は当面は自宅から出ないのがいちばんなのよ。なにしろ私の分身だもの。これ以上傷つくところを見たくないわ。とってもかわいい子なのよ」

両手を組んで目を輝かせる涼子の口ぶりからは、娘の施術が単なる餌なのではという可能性を考えないわけにはいかなかった。が、そこは気づかぬふりをした。また「自分の分身」という言葉も気になった。こういう親は、子を大事にすることと締め付けることの区別があるのだろうか？

「おかまいなく。訪問での施術も週一で行なっていますので、もちろん伺いますよ。とりあえず、過去の施術内容だけ簡単に……」

そう言いかけたとき、涼子が悲鳴を上げた。

「な、なに……きょ、恐竜が……恐竜が……」

遅かったか。蘭都は溜息をつきつつネロリを抱き上げた。

「驚かせてすみません。でも彼はとても気の優しい恐竜ですから、ご安心ください」

涼子はかなり引き気味に、店の入口にまで後退していた。

安達涼子を落ちつかせてから無事に帰すと、蘭都はネロリをふたたび抱き上げた。ネロリは細長い舌をひゅるりと出して蘭都の首を舐める。

「くすぐったいよ、ネロリ」

ネロリの餌を準備しながら、蘭都は涼子の依頼について考えた。

安達涼子の娘は、私立東遠《とうえん》高校に通っているらしい。あそこはその昔女子高だったから、男女率だといまだに女子が圧倒的に多いのではなかったか。

娘が不登校になったのは五日前からだという。外界を遮断する心理は、ある種の緊張状態からくる。トラウマが見えない檻を作って、彼女を外界から遠ざけているのだ。

「だとすれば、マージョラムかな」

マージョラムは、精神の脅迫的な圧迫感を緩和するのに効果的なアロマオイルだ。もちろんこれ一つを塗るだけなら、オイルを購入して自宅で各々やればいい。そこはプロにしか成し得ない配合やマッサージの手順といったものがある。正しい手順を踏んだアロマテラピーは、ヨーロッパでは医療行為として認められてもいるし、蘭都もそれなりの効果を確信しているからこそ、この職業を続けている。

時計を見ると、午後の二時。午後休む予定だったから、予約は入っていない。トラウマの度合いを考えると、かなり良質で新鮮なマージョラムが必要だった。できれば、有機農法で作られたものが好ましい。同じアロマオイルでも有機農法で生成された植物から精製したオイルとそうでないものとでは、やはり純度が異なる。

しかし、マージョラムを有機農法で生成しているところとなると、県内では一箇所しか思いつかなかった。三島市《みしまし》のハーブ園〈林葉香草園《はやしばハーブ》〉は得意先ではあるが、すべてのアロマをここで取りそろえるのはなかなかコスト的に大変なこともあり、海外からの輸入品に頼っている。だが、今回は鮮度が重要だった。

「ひさびさに行ってみるか」

しかし、問題が一つあった。

「君、留守番できそう？」

蘭都はネロリを撫でる。ネロリを外出させたことはまだない。蒼が引っ越してくる前は、一匹で家にいることがふつうだった。爬虫類だし、基本的には人間を便利な存在くらいにしか考えていない。だが、どうも蒼が家にいるようになったことで、無人状態が稀《まれ》になり、ネロリの情緒が安定していないようだ。

「連れてくか……」

ネロリはその言葉がわかっているかのように、目を一度大きく開けてみせた。

2

三島方面へのドライブは半年ぶりだった。前回は、ダマスクローズを手に入れるために訪れたが、ふだんは滅多に訪れることはない。いまの時代、たいていの用件は電話かメールで事足りるし、それで足りなければスマホのビデオ通話でもすればいい。便利な時代になったが、半面、人と人の信頼が薄らいでいると感じることもある。だから、何か用事を見つけて、こうして行動を起こすこと自体はいいことだ。

富士の絶景を望みながら二時間ドライブした後、〈林葉香草園〉に到着した。ここはガーデニングにも凝っていて観覧希望者もつねに多数いる。とくにハーブを使った足湯コーナーの人気は高く、園の脇に車を停めるとすぐに若い女性客の歓声が耳に飛び込んできた。

坂を下って園のゲートを潜った時、いましがたいた駐車場に黒のベンツが一台停まったのが見えた。だが、奇妙にもベンツは停まっただけで誰も降りてくる気配はない。

「いらっしゃい、久しぶりだらぁ、蘭都さん」

事前に連絡してあったので、林葉さんは暖かく蘭都を迎えて奥に通すと、用意しておいてくれた「この農園でいちばん上質なマージョラム」を手渡した。

「めったなことではできないやつだに。これ、試してみんけ？　ドすごいぜ？」

壜を開けて一滴脱脂綿《だっしめん》にたらして匂いを嗅《か》ぐ。ひと嗅ぎだけで蘭都にはじゅうぶんだった。女子学生の恋文のように甘く、文学青年が思索に耽《ふけ》るデスクのごとくウッディな香り。

まぎれもなく本物のマージョラム。即座に三墣の購入を決めた。今回にかぎらず、このマージョラムが必要となるケースは出てくるはず。ホホバオイルと混ぜて使うことで極上のリラックス効果をもたらすことができるだろう。

「ところで林葉さん、あそこに停まっている車は、このへんでよく見る車かな？」

蘭都は先ほどの黒のベンツを示す。車内に誰がいるのかまでは、蘭都の立ち位置からは把握できない。

「いや？　見ない車だに。何だかいねぇ？」

「ふうん……ありがとうございます。また来ます。来た甲斐《かい》がありました」

礼を言ってエンジンをかけたままの車に戻ると、エアコンの効いた車内でネロリは気持ちよさそうに目を細めていた。

「お待たせ。わるいけどシートベルトを締めてもらうよ」

蘭都は助手席のネロリにシートベルトをかけて何となく固定すると、サイドブレーキを引いて急発進した。砂埃とともに車は動き出し、東へと向かう。田舎道にしては舗装されているおかげで、さほどの揺れはなかった。遅れて黒のベンツがスタートするが、緩やかなカーブを曲がると、その姿は見えなくなる。ただし、ほかに道が分岐しているわけではない。

一キロほど行ったところで、ある重大な事実に気づく。この道はあまりに曲がり道がなく、一直線すぎる。ある特殊な状況下では、一直線の道は、何より不都合なのだ。たとえば、何者かに尾行されているような時には。

ガソリンスタンド、電気屋、床屋、蕎麦屋《そばや》、と来て、ひとつだけ〈P　店の裏〉と看板のある喫茶店を見つけた。表通りから駐車スペースは隠れて見えない。蘭都は勢いよくこの喫茶店をぐるりと回って、駐車スペースに車を停めた。カーブしてから停まるまでの無駄のないその動きはF1レーサーさながらだ。

ひと息ついてから、蘭都はネロリを抱えて降りた。

その喫茶店〈さぼてん〉は寂れた雰囲気で、外側には店名にもなっているサボテンがそこかしこにだらしなく飾られ、壁面にはびっしりと蔦《つた》だのなんだのが絡まり、窓を覗きこまなければ営業しているかどうかもわからないレベルだった。

ドアに近づくと、珈琲の匂いよりも先に漬物の匂いがする。

「はい、いらっしゃい」

返事があったのは入店の二十秒後だった。店の奥にある厨房から水の入ったグラスをトレイに載せて現れた店主は、蘭都とネロリを見ても無反応だった。ペット入店禁止というわけではなさそうだ。あるいは単に目がわるいのか。実際、店主の背は曲がっており、年齢も七十に手が届いたあたりと思われた。

「決まったら呼んでください」

呼んだら来てくれるのだろうか、と不安になるほどの震えた声だった。

蘭都はしばらく手書きのメニューを眺めた。梅サンドとかうなぎサンドとか、気になるけれど頼みたくないメニューが多すぎて逆に迷うところだ。

やがて、外で車の音がした。車は、店を迂回《うかい》してゆっくり駐車スペースに入った。さっきの黒塗りのベンツ。型式はだいぶ古そうだ。蘭都はネロリの頭をそっと三回撫でた。ひんやりとしたネロリの体を撫でていると、それだけで落ち着いてくる。

氷の入っていないぬるい水を飲んでいると、ドアが開いて、男が三人入ってきた。木曜あたりの疲弊しきったサラリーマンを思わせる背の低い男はドアのところで立ち止まって煙草を吸い始め、リーダーと思しき癖毛頭の無精髭《ぶしょうひげ》と、派手な金髪に紫のスーツを着たちばん若い男が中に進んできた。背の低いサラリーマンが見張り担当のようだ。

「ずいぶん逃げ回ってくれたな、濱松蒼」

そう低い声で言ったのは、癖毛頭の無精髭だった。よく見れば『クリムゾン・リバー』の頃のヴァンサン・カッセルと似ていなくもないが、いささか歳をとり過ぎていたし、髭はお洒落《しゃれ》なのかただ伸びただけなのか判然としなかった。蘭都はしばらく黙って男たちの顔をゆっくり見回した。そうするだけの精神的余裕が、このときの蘭都にはあった。

どう見てもカタギではないが、いわゆる半グレ集団のような威勢の良さはない。オレオレ詐欺で荒稼ぎする詐欺グループの類《たぐい》でもなさそうだ。いずれも表情にうっすらとだが疲労感がにじみ出ている。平均年齢は四十後半か。とりわけ、最年長と思しきヴァンサン・カッセルもどきの分別《ふんべつ》臭い雰囲気からは、仁義を重んじる古いヤクザの名残《なご》りみたいなものが漂っている。

紫のスーツを着こんだ金髪の男が蘭都の前にしゃしゃり出た。一見若く見えたが、間近でみると目じりに皺もある。三十代半ばかそんなとこだろう。年齢のわりに世間知らずな雰囲気なのはムショ帰りなのか。

「席ならほかにも空いてるよ」

蘭都はにっこり微笑んで見せたが、男たちは意に介さなかった。蘭都は内心で、男たちが自分を濱松蒼と思っている理由が気になっていたが、ここでそれを問い返せば、彼らの動機を聞きそびれることにもなるかも知れない。

紫スーツの金髪頭は、皮肉な笑みを浮かべながら言った。

「濱松蒼、石溝光代を描いた画家ってのはてめぇか？」

「……僕に尋ねているのかな？」

蘭都はゆっくり水を飲んだ。グラスを置くまで男たちは黙っていてくれたが、それはなんらかの威厳を見せつけるための間《ま》だったことがすぐにわかった。金髪はテーブルにどすんと手をつくと「真面目に答えろ。石溝光代を描いたのはてめぇなのか？」とすごみながらシャツの襟首を摑んできた。が、すぐにそれを癖毛頭のヴァンサン・カッセルが「やめとけ、村井《むらい》」と制して放させた。

村井と呼ばれた男は舌打ちをしつつ「すみません、矢内《やない》さん」と大人しく従った。その様子を、背の低いサラリーマン風情《ふぜい》の男はドアにもたれかかって煙草を吸いながらぼんやり眺めている。彼は三人の中でいちばんくたびれて見えた。権力争いにも興味がなく、ここにいること自体にもさして興味がなさそうだ。年々減る一方のシノギの補塡方法を模索している最中なのかも知れない。

この三人はどうやら、蒼と勘違いして尾行してきたらしい。さて先ほどの問いにどうこたえるのが正解なのか。簡単に「違う」と言えば終わりだが、かえって疑われる可能性もあるし、そもそも単に自分が蒼ではないとわかればいいわけでもないだろう。

恐らく、自宅から車を出したときから尾《つ》けられていたとみたほうがいいだろう。尾行は気づいたときにはもう遅い、とは蘭都の父親の言だ。

蘭都はこれまで最大限気を使ってきたし、今回もその注意は怠らなかった。だが、どんなに注意しすぎても尾行をする側の人間には通用しない。そういうものだろう。

「面白い質問だね。だがそれに答える義務は僕にはない」

「命が惜しけりゃ話したほうがいい」

矢内と呼ばれた男はスーツの脇にあるものをちらりと見せる。コンパクトピストル。海外では女性が護身用に使っているとも聞く。軽くて使い勝手がよいのだろうが、本職が脅しに使うというのは笑い種だった。

「命は惜しいけど、その質問には二つの理由から答えられないな。一つ、濱松蒼が過去に誰の絵を描いたか僕は把握していない」

「何？」

気が早いのか、矢内は小銃に手をかける。護身用を護身以外の用途で使う気だろうか。

「二つ、僕は濱松蒼じゃない」

そこで三人はようやく顔を見合わせる。それから、低く唸るような声で尋ねた。

「……濱松蒼じゃないのか？」

「恐らくあなたたちは誰かから濱松蒼の住んでいる場所を聞いたんだろう。で、朝から家の前に張り付いていた。すると僕が出てきたので、考えもせずに追いかけてきた。もう少し時間があれば、家のポストで表札を確認することもできたはずだけどね。とにかくあなたたちはそこから出てきた僕を濱松蒼と勘違いして追いかけてきたわけだ」

「なんでてめぇの家が濱松蒼の家と同じ住所なんだよ？」と村井が嚙みつく。今度は矢内も特に制止はしなかった。

「彼はうちに居候していた。正確に言うと、僕の部屋のソファ一個分を彼に貸していたんだ。あなたたちは住所の情報が足りなかった。住所の末尾にハイフンをつけて〈ソファ〉と入れないと」

「じゃあまだ奴はおまえん家の……？」と矢内。

「残念ながら三日前に出て行ったよ。家賃のことで口論になってね。信じられる？　たった一万五千円の家賃で喧嘩だよ？　最後にはもう僕の顔は二度と見たくないって飛び出していった」

三人は蘭都の言葉を吟味するようにしばらく互いの顔を見合わせていた。

場合によっては、相手が実力行使に出ることも考えられた。ここは閑散とした田舎道だ。たとえ通報したところで、警察が到着するのは蘭都が血まみれになった後だろう。

蘭都は自分の財布に手を伸ばし、いつでも免許証を取り出せるところを見せた。それが今できる最大限の駆け引きだった。

矢内は拳銃をしまうと、無精髭を片方の手で撫でつけた。

「わるかったな、人違いだったようだ。だが、おまえは喧嘩したとはいえ、その直前までは濱松蒼とつながっていた。そうだな？　なら連絡先くらい知ってるんだろ？」

「僕がかけても出ないでしょ。喧嘩相手だから」

「じゃあ仲直りをしろ」

「ヤクザから出た台詞とも思えないね」

「仲良しは仲直りするもんだろうがてめぇ！」

また村井が襟首を摑まんばかりの勢いで嚙みつくのを、矢内がいなした。まだ名前を知らない、ドアのそばの背の低いサラリーマン風情はそのやり取りに面白くもなさそうな苦笑を浮かべている。

「家主と借主だと言ってる」

蘭都は男たちの微妙な笑い方から、彼らが自分たちの関係を何やら誤解していることに気づいた。まあどうでもいい。

「とにかく仲直りをするんだな。それで俺たちのところへ連れてこい」

矢内は鞘《さや》を納めるみたいに蘭都の肩をポンと叩いた。

「三日後にな」

村井が臭い息を顔に吐きかけながら言うので、蘭都は顔をしかめながら尋ねた。

「場所は？」

村井が矢内のほうを見た。矢内は虚無感のある眼差しで壁の一点を見ていた。考えているのだろう。浜松では見ない顔だ。市外のヤクザか。名前で調べてみるか。

「舘山寺でどうだ。ちょうど来週あたりから、あの辺りは観光シーズンで賑わう。細かい場所については追って連絡しよう」

矢内は蘭都の電話番号を聞き出し、それを自分のスマホに登録した。使いなれていないらしく、だいぶ苦労して登録したようだった。

舘山寺といえば、再来週あたりには灯籠《とうろう》流し花火大会が控えている。この時期としては最大のイベントでもあり、ひと目見るためだけに宿泊する客もいるくらいだ。

「わかった。やってみるよ」

「やってみるじゃねえんだ！　やれ！」とまた村井がすごんだ。

「やれなかったら？」

「ほかに選択肢はない。状況考えろ」

そう言い捨てると、男たちはぞろぞろと出て行った。蘭都は悠然と水を飲みながら男たちが見えなくなるまで見送った後、スマホで蒼を呼び出した。

「もしもし、どうした？」

「いまどこにいる？」

「おまえは俺のカノジョかなんかか？」

「いいから言いなよ」

「遠鉄線で移動中だよ。いま寝起きだからよくわからんが、たぶん曳馬《ひくま》の辺りかな」

「財布は持ってる？」

「手ぶらで乗る馬鹿がいるかよ」

「それなら、そのまましばらく戻らないでくれ」

「あ？　賃貸契約を反故にする気か？」

蘭都はその反応にしばらく笑った後で答えた。

「そんなようなもんだ。あと、柄の悪い男たちの尾行に気を付けて」

「尾行？　どういうことだよ？」

「わからん。ただ、君が描いた石溝光代の絵を探しているらしい。まあとにかくそういうわけだから、切るよ」

電話を切って隣の席を観ると、ネロリが、小松菜をうまそうにゴクリと食べ、目を細めていた。蘭都がその頭をそっと撫でると、ネロリはさらに目を細める。エアコンがきいている店でよかった。日本の蒸し暑さはグリーンイグアナにはちょっとばかりキツい。

「厄介なことになったな」

思い出したように深く溜息をついた。

ようやく店主がよろよろと現れた。

「ご注文は……？」

「すみません、もう帰ります」

蘭都は千円札をテーブルの上に置いて店から出た。肩の上に乗ったネロリは、まだ小松菜を咀嚼しており、食べ終えるとぐぅううっと喉を鳴らした。

男たちの黒ベンツは、すでに遥か彼方に行ってしまったようで、いくら目を凝らしても見えなかった。

第三章

1

蘭都との電話を切ってからも、納得がいかなかった。

「やっきりこくらぁ」

最近ときどき口をつく言葉。ごりごりの遠州弁で「嫌になる」という意味だ。もはや地元の人間でもあまり使わないが、語感が気に入っている。

なぜ俺が尾け回されなくちゃならない？　しかも、あんな昔の絵のことで。

だが、それを言うなら、こうして俺自身がその絵を探している現状にしたって分からない。たしかに澤本亮平はコレクターだし、息子の亮太に石溝光代の絵を描いたことがあると話したのは俺だ。しかし、考えてみれば、いくら石溝光代の肖像画だからと言って、いまや名声も落ちぶれた画家の絵にそれほどの価値があるものだろうか？

亮平が絵をほしがっていることと、柄の悪い男たちが俺を追っていることには何かつながりでもあるんだろうか？　いや、ないとおかしい。こんな偶然そうあるもんじゃない。絵を探す依頼を受けて、同じ日に絵のことで尾行されるとなれば、二つの案件はつながっているに決まっている。

まあいい。わからないことは、考えてもしょせんわからない。それよりはとにかく進んでみることだ。少なくとも、俺にはその柄の悪い男たちより優位な点がひとつある。俺は俺の居場所を知っているということだ。

上島《かみじま》駅で降りると、電車通りを割烹《かっぽう》〈桂川《かつらがわ》〉を右手に見ながら進み、信号の手前で住宅街を左に入る。ここに来たのは、石溝光代の所属事務所を訪ねるためだった。東京から引き揚げた後、石溝光代は裸一貫、生まれ故郷でやり直さなければならなかった。そんな光代に目をつけマネジメントを申し出たのが、〈オフィス鈴木《すずき》〉だったというのはネットの情報だ。

〈オフィス鈴木〉自体はいわゆる斡旋《あっせん》業者で、芸事で生計を立てる者に仕事を斡旋してはその手数料を中抜きして利益を上げている会社だった。まあ、地方にまともな芸能事務所なんてめったにないから、こんなものなのだろう。一応ホームページもあった。所属しているのはダンサー、ピアニスト、ラジオＤＪやアナウンサー、司会業、マジシャンなどなど。どれも地方テレビでさえ見たことのないような人ばかりだった。

区画整理された閑静な住宅街をうろうろするうち、ようやく古びた煉瓦造りの建物が目についた。〈オフィス鈴木〉という看板の〈ス〉の部分のプレートが外れていて〈オフィ鈴木〉と読める。

インターホンを鳴らすと、受付らしい髪のほつれた女性が不愛想に応対した。用件を告げると、無言で応接間に通してくれたが、そこからが長い。俺はここにわけもなく閉じ込められた囚人なのでは、と疑い始めてしまったくらいだった。

脱出方法を模索しはじめた頃になって、ようやく初老の男性が現れた。蓄えすぎた体脂肪を隠すこぎれいな服装に、蝶がたくさん舞ったネクタイをしている。

「石溝光代のマネージャーで、社長の鈴木です。光代のことでいらっしゃったと聞きました」

光代とこの男ではどちらが年齢が上なんだろう、と考えたが、しょうじき六十代から上は個人差がありすぎて推測不能だった。

こちらも自己紹介をすると、知っているような……という曖昧な返事が返ってきた。ときどきある反応だが、八割は気のせい。残りの二割は場つなぎの定型文だ。

「じつは以前、光代さんに頼まれて肖像画を描いて渡しました。その絵のことをこちらの事務所の方ならご存じなんじゃないかと思ったんですが」

「絵、ですか……うーん」

鈴木は自分の記憶を懸命にえり分けるように目を細めた。

「ごめんなさい、記憶にないな。そんな絵を見ていれば覚えていると思うんですが」

「そうですか。些細な心当たりでもいいんですが」

「……恐らく、お知りになりたい絵は彼女がプライベートで所持していたものと思われますね。いわば、事務所とは関係なく。光代はそういう公私をしっかり分ける人間でしたから。我々は彼女がオフのときにどこでどんなふうに過ごしているのかまったく教えてもらえませんでした。いま思えば、東京の芸能界で揉まれ辿り着いた流儀だったのかも知れませんね。彼女のことをかれこれ二十年ほど近くで見させてもらいましたが、最後まで謎めいたところのある人でしたから」

「光代さんがこちらに所属されていたのはたしか……」

「四年前までです」

「事務所から離れた理由は何だったのでしょう?」

「もう台詞が覚えられない、と言ってました。その後も毎年恒例の一人舞台だけは続けていたようですが、それ以外はすべて仕事を断っていたみたいですね。事務所を離れてからわずか三年で介護施設に入居したと聞きます。もう最後のほうは認知症になっていたのかも知れませんね。まだ若いのに、つらかったことでしょう」

「失礼ですが、鈴木さんはおいくつですか？」

「光代より五つ年上です。神様はしばしば順番を間違える」

心底憂《うれ》いているのか、内心では生き残ったことを喜んでいるのか、見極めようとしたが、鈴木の顔の皺に邪魔された。

「……ええと、話を戻すと、光代さんのプライベートはご存じない、ということですね？ つまり、あの絵についても」

「そうです。プライベートのことでしたら、ご遺族にお尋ねになるのがいいと思います」

「ご家族はどちらなんでしょうか？ ネット調べでは細江という話ですが……」

「いえ、それは生まれ故郷で、生家はすでになく、東京を離れて数年後に湖西市《こさいし》に家を建てています。同じ浜名湖沿岸でも、西側に移ったんですな」

「東京を離れて転居した頃の経緯はご存じなさそうな口ぶりですね」

「まあ、そうですね。我々が仕事を一緒にしたのは、彼女がスキャンダルで身を引いてから三年後です。その前のことは知りません。我々がコンタクトをとった時は、すでに彼女は湖西市民でした。再婚相手の小暮《こぐれ》さんは結婚後すぐに亡くなられたようで、姓も石溝に戻っていましたね。今は、小暮さんの連れ子であるご長男の邦義《くによし》さんは南米におられ、家には実子で次男の光輝《こうき》さんだけがいるようです」

「では、その光輝さんを訪ねて行けばいいわけですね？」

その時、何とも言えない一瞬の間が空いた。

鈴木は、顔は頷いたものの、頷いていいものか迷っている、という雰囲気だった。こちらが感づいたのを誤魔化そうとするように、やや早口でその後を続けた。

「高校教師をしている、実直な青年です。いま住所を持ってきますね」

鈴木は一度席を立った。ソファの革がだいぶへたっているらしく、鈴木の尻の跡がしばらく残ったままだった。周囲を見回す。そこらじゅう埃だらけだった。かつてはスタッフも多かったのかも知れないが、今では掃除の手がないのだろう。受付の女性の疲労感にもそれが表れている気がした。羽振りも怪しい感じだ。鈴木にとっては石溝光代が事務所を退所したのはなかなかの痛手であるのかも知れない。

それにしてもさっきの間は気になる。なぜ光輝の話になったら言葉に詰まったのか。それに、とってつけたような「実直な青年」という言葉も胡散臭い。

やがて、鈴木は手帳を手にしながらゆっくり戻ってきた。が、途中で何を思ったか、汚れた水槽の上からぱらぱらと金魚に餌をやった。俺は気が長い男のふりをして、膝も揺らさずにそれを待った。

ようやく腰を下ろした鈴木から住所を受け取る。

「光代さんって、どんな人でしたか？」

「それは、記者がするような質問と思ってよいですかな？」

「もちろん」

なぜ自分がこんな質問をしたのかは、俺にもわからなかった。

「素敵な女性でしたよ。女優である前に、一人の大切な親友でした」

「俺が会ったのは絵を描いた時の一度だけです。もう一度、人生のどこかで会えるような気がしてましたが」

「そんな気にさせるところが、たしかに彼女にはありますな。私も映画スターだった頃の彼女にサインをもらって以来、いつかもう一度と思っていました。マネジメント契約をしてもらえた時は、予感が現実になった、と胸が高鳴ったもんですよ」

鈴木は寂しげに笑う。長く歳月を重ねると、男の笑いには寂しさと嘘が平然と混じり合うようになる。鈴木は何かを知っているかも知れないが、嘘と真実の見分けがつかないほど年輪を重ねた男からそれを聞き出すのは骨の折れる仕事だろう。

長居は無用だ。頭を下げ、礼を言って立ち上がった。男が「親友」とわざわざ口にする時は、大抵それ以上の感情を持ち合わせており、相手はそれ以下の感情しか持ち合わせていない。本当に親友なら、光代が絵のことを話しているはずだ。

記された実家の住所を見た。湖西市には行ったことがなかった。浜名湖の西側だから「湖西」という。〈ボートレース浜名湖〉のある新居町《あらいちょう》らしい。とりあえず行ってみるか。額から汗がふき出た。浜松で夏を迎えるのは高校以来だ。この土地の夏は蒸し暑く気温も高いが、その分早く過ぎる。ただし、夏が始まったばかりの今は、いくら早く過ぎ去ると言われてもありがたみがない。

バスを待っている四、五分の間にぶっ倒れそうだった。さらに、この暑さに拍車をかけるみたいにして、電話が鳴る。いやな相手というのは、鳴った瞬間に予感のようなものがある。着信画面をみたら、予感は的中していた。

「絵、置いといたんだけど気づいたか？」

相手が話し出すより先に俺は尋ねた。電話をかけてきたのは、澤本亮太だった。

「もちろんすぐわかりましたよ。届けに来るなら言ってくださいよ」

「急に行くことになったからな」

詳細は省いたほうがいいだろう。幸い、澤本は俺がアポなしで再訪した点にはさほどこだわらなかった。

「いやー、ありがとうございます。さすが絵描きっすね。びっくりです。瓜二つじゃないっすか」

喜んでいるようだったが、それにしちゃ声が落ち着きすぎていた。

「たかだか色付きのデッサンだからな。謝礼分の働きをしたまでだよ。まあ基本のやり方は教えたつもりだし、俺が絵を描く時の手つきや手順は見てたろ？　次行く時までには、あのやり方で自分なりに下書きを描いておいてくれ。チェックするから」

「あ、なんか先生っぽいっすね、絵描きなのに」

澤本は一人で勝手に笑った。その笑いも、やはり落ち着いていた。

「次、何曜にする？　俺も何だか忙しくなったから早めに決めてもらったほうがいいかもしれんな」

その頃までにこの案件が片付いて、いつものソファ暮らしに戻っていればいいのだが。

「まあその件はまた連絡しますよ」

無職の暇人のくせに即答を避けやがって。俺は「よろしくな」とだけ言って電話を切ろうとした。だが、その前に尋ねたいことがあったのを思い出した。

「そうだ、一つ教えてくれ。おまえの親父さんに、俺が昔描いた石溝光代の絵を探すように頼まれたんだが……」

「親父がですか？　へえ」

「なんでそんな絵にこだわるのか知らないか？」

するると、澤本は吐き捨てるように答えた。

「たぶん長く生きすぎて頭に焼きが回ったんでしょう。信じるものもろくにない奴が、何も考えず暇を持て余した末路です」

「ずいぶんな言い草だな。おまえは何を信じてるんだよ？」

「俺ですか？」ちょっとの間の後、奴は答えた。「忘れましたね」

また電話します、と言い残して、澤本は一方的に電話を切った。身勝手の相手をしたせいで、暑さは確実に前より増した。気を紛らそうと、バスの路線図をみて、湖西市への行き方を考える。遠鉄バスでも行けることは行けそうだが、いったん駅に戻って電車で行ったほうがよさそうだ。

しかし時は金なりともいう。俺はとりあえずバロンに電話をかけた。日中は暇をしていることが多いはずだ。

「オラー」第一声ポルトガル語をかましてきた。「ドウシタンスカ？　蒼サン」

「何日本語下手なふりしてんだよ。おまえ、いま暇？」

バロンはカタギの人間の前では日本に馴れていないふりをしてカタコトでしゃべるが、実際は十代からずっと浜松の住民だ。

「肉ノ買イ出シカラ帰ッテキタトコデース。マア仕込ミ済マセタラ暇ッス」

「じゃあちょっと車出してもらえねえかな。俺はいま上島駅の近くなんだが――」

「アー……チョト待ッテクダサーイネ」

奴は急に小声で言うと、しばらく黙った。それからポルトガル語のやり取り。靴音が聞こえる。おそらく話しやすい場所に移動しているのだ。ぜんぶで三十秒もかからずに、ふたたび電話口にバロンが出た。

「あ、どうもすみません、店にいたもんで話しにくくて。最近、店長が俺に裏の顔があるんじゃないかってやたら疑ってくるんで面倒なんっすよ」

「二足のわらじも大変だな」

「そんな生半可なもんじゃないっすよ。最近はどこの店もヤクザ雇ったら自分らが罰せられるって恐れてるんすから、こっちも息潜めるのに必死っす。あ、車の件っすけど、いいっすよ。蘭都さんに蒼さんのボディガード頼まれてますから」

「あ？　蘭都から？」

「いろいろ助けてやってくれって。なんかヤバいらしいじゃないっすか。何でも言ってくださいね。俺にできることなら。とりあえず今夜の女でも紹介しましょうか？」

「いや、間に合ってるよ。それより早めに頼んだ」

電話を切ってから、スマホで石溝光代の経歴を調べた。東京を引き揚げてからの彼女のキャリアをろくに知らないことを思い出したからだ。浜松での彼女は大衆演劇の世界に飛び込んだようだった。児童向けの演劇集団のプロデューサー業をこなしつつ、一人芝居の公演を年に一度行なっていた。演目は『蒲公英の如く』のほかに、徳川家康《とくがわいえやす》の出世物語『よそ者』、源範頼《みなもとののりより》の半生を描いた『凡将』など。とりわけ『凡将』は範頼の短気で無能でいて勇ましいキャラクターが愛され、物語のキレもよく、繰り返し上演されていた。昨年の最後の公演も『凡将』だったようだ。

　これらの功績が認められ、彼女は地元の演劇界ではちょっとした重鎮扱いになっていた。さまざまな功労賞を授与され、後進育成にも積極的だったため、死後、多くの地元演劇人が彼女の死を悼《いた》んでいる。鶏口《けいこう》となるも牛後《ぎゅうご》となるなかれとはよく言ったもんだ。彼女は、浜松では右に出る者のいない演劇人としての地位を築いて亡くなった。地元での功績をつぶさに繙《ひもと》けば、俺が思っていたような「見えない星」なんかでなかったことがよくわかる。彼女は輝くべき場所で、燦然《さんぜん》と輝き、生をまっとうした。

「それにしちゃあ、事務所の社長は淡泊だったな」

鈴木は光代が亡くなったことを悲しんでいるのだろうか？　少なくとも、距離のある関係ではあったはずだ。たとえば、そう、同じ台所にある冷蔵庫とコンロくらいの。

二十分後に現れたバロンはド派手なアロハシャツにサングラスをかけており、さっきまで仕事場にいた人間には見えなかった。

「おまえは年中バカンスみたいだな」

「夏を謳歌《おうか》してるだけっすよ。楽しまないと。命も狙われてませんしね。オー、カミサマ、アリガットウ」

バロンはまたわざとカタコトの日本語を話した。

「べつに俺も命狙われてるわけじゃないと思うぜ？」

「いやー、わかんないっすよ？　何しろヤクザもんらしいじゃないですか。あ、そうそう、言い忘れてましたけど、俺の運転は荒いっすから気を付けてくださいね？」

「お手柔らかに……な」

最後まで言い終わらぬうちに車は急発進し、俺たちは一陣の風になった。すれ違ったバイクの運転手がブレーキをかけて止まったことからもバロンのスピードが異常であることは明らかだったが、俺はあいにくわざわざ呼びつけた相手にクレームを言うための免許を持っていなかった。

「よく今日まで生きてたな」

「サンパウロじゃこれが普通っすよ」

「ブラジルにいたのはガキの頃だろうが」

「あ、バレました？」

今じゃ、ポルトガル語と日本語のどっちが流暢《りゅうちょう》なのか気になるところだ。浜松は海外からの移住者が多い街として知られる。その多文化ぶりに一役買ったのは、ホンダやヤマハの工場だろう。労働力を必要とした彼らが海外労働者を雇うようになり、浜松という土地が海外からメッカのごとく見られるようになった。

東南アジア諸国ではとりわけヤマハのオートバイの人気が高いらしく、自国に帰ってヤマハの工場で働いていると言えばそれだけで羨望の眼差《まなざ》しで見られるのだとか。本当のことかどうか俺は知らない。そういう話を、小耳に挟んだだけだ。

「湖西といったら、名物はぼく飯《めし》に、とこ豚《とん》ポークですね。帰りに道の駅にでも寄りましょうよ。かわいい女の子もいるかもしれないし」

「馬鹿、そんな暇あるか」

「だって蒼さん今夜一人でしょ？　女の子の一人でも連れて帰ったほうがいいですって」

「おまえみたいにお盛《さか》んじゃないんだよ」

「もしかして……まだフォンさんのことが忘れられないんすか？」

「そういうわけじゃないがな」

そういうわけじゃないのか？　俺自身にもよくわからない。フォンとの絆が簡単に切れるものでないことは、数カ月前に確認し合ったばかりだ。そして、それはそれとして、今はそれぞれの山を登ることになった。

だが本当は、その先に明確なゴールなんかないのだ。むしろ、明確なゴールをどちらか片方が欲しがれば、その時点ですべては白《しら》けるだろう。約束というのはそういうものだ。あるかないかよくわからないから成立するし、だからこそ凧《たこ》が帆《ほ》を張るように生きていける。

「ちなみに、その絵のことなんすけど、売ったら高いんすかね？」

「小吹組がどんなルートで売ろうと、大した額にならんだろうな」

「だけど実際に欲しがってる人がいて、その絵を描いた作者を尾け回してる奴らもいるわけですよね？　金にもならないなら、なんでそんなことするんです？」

「それがわかれば、こんなところまで来ねえよ」

「わははは、違いねえっすね！」

何がおかしいんだよ、まったく。窓を開けるとゴーカートみたいなエンジン音とともに風が入ってくる。

「おまえレーサーになれよ」

「なりたかったんすけどね、身長で引っかかりましたね」

「ああ、でかいもんな」

ようやく湖西までの距離を示す案内標識が見えてくると、バロンはそれまでの速度が助走に思えるくらいに豪快に走り出した。警察に捕まらずに済んだのは光の速さだったせいか、単にここら一帯が暢気な地域だったからか。

おかげで、三時過ぎには湖西市に着くことができた。家康が設置したという新居関所の立派な松の木を左手に見ながら、301号線を新居文化公園の方面へ進んでいく。その昔、同級生が湖西からわざわざ浜松市内にある俺の母校に通っていた。文化祭の打ち上げにも行けずに早退する彼はたいへんそうだったが、湖西市を離れる気はないようだった。彼が言うには、「遊ぶなら浜松、暮らすなら湖西」らしい。まあたしかに、この落ち着きのある街並みは、日常生活を堅実に送るには向いているかも知れない——。

瞬足で過ぎ行く低層の町並みを眺めながら、俺はそんなことをぼんやりと考えた。

この街で、石溝光代は所帯をもち、静かな第二の人生をスタートさせた。華やかな芸能生活に未練はなかったのだろうか？　銀幕の中で生きてきた人間が余生を送る場所としては、あまりに生活感がありすぎる気もした。

　やがて新居文化公園を過ぎたところを右に曲がると、日本家屋を無理やり改修工事でモダン建築にしたようなカラフルな豪邸が見えてきた。模様も何もないコンクリート塀は深紅に塗られ、アーチ形のゲートは訪れる客をショック死させるような強烈なピンクだった。羽振りのよさを隠そうとしないその外観は、都落《みやこ》ちした光代の、わずかなプライドの表れともとることができそうだった。

　この邸宅と比べると、すぐ隣の空き家と思しき日本家屋は、一瞬見過ごすほど存在感がなく、背景に完全に埋没していた。

　ゲートの前にバロンがぴったり車をつける。

「どうします？　俺も行きますか？」

「いや、すぐ終わると思うから、待っててくれ」

「了解。何かあったら連絡ください。ナンパしてますから」

　バロンは俺を下ろすと、また豪快にエンジンをふかして去っていった。

　車が見えなくなるまで見送ってから、俺はゲートのインターホンを鳴らした。

　だが、応答はない。息子が二人いて、長男は南米にいるが、次男の光輝はここに住んでいる、という話だった。だが、今のところ誰も出てくる気配がない。アポを取ってからくるべきだったか？　そういえば、車も見当たらない。そもそも駐車スペースは雑草だらけで長らく使われた形跡すらない。

「あの、こちらにご用なのかしら？」

背後から声をかけられ、振り返った。感じのいい貴婦人が立っていた。

「ええ。浜松からちょっと探し物があって来ました」

「それはたいへん……」

彼女は絶句してからしばらく目を泳がせ、次の句を探しているようだった。

「失礼ですが、ご近所の方ですか？」

彼女は向かいの屋敷を示した。

「ええ、向かいの佐々木《ささき》です。生前、光代さんにはそれはそれはよくしていただきましてねぇ」

その言い方には、わずかな自尊心が覗いて見えた。石溝光代と懇意にしていたことは、彼女にとって自慢の種なのだろう。

「ご近所の中でも特に交流がおありだったんですね？」

「ええ。年に一度の彼女の舞台はかならず夫婦で見に行っておりましたわ。何しろ、彼女がチケットを送ってくださるものだから」

その表現では光代の舞台が好きだったのかどうか判然としない。このご婦人にとっちゃわかりやすくて絢爛《けんらん》な宝塚みたいな歌劇でもないかぎりは興味をもてるものではなかったかもしれない。だが、光代に招待されることは自慢にはなるし、その話になれば口も軽くなるようだ。

「あの、ご子息の光輝さんは外出されてるんでしょうか？　教師をされていると伺いましたが、部活動とか」

「いえ、それが……」

佐々木は口ごもり、俯《うつむ》いたり顔を上げたりを繰り返した。少しばかり目が離れていて、華やかな着物のせいもあって錦鯉《にしきごい》を思わせるところがある。口もぱくぱくしている。

やがて佐々木は意を固めたようにして言った。

「じつは、光輝さん、いまちょっとわけあっていないの」

「旅行中ですか？」

「まあ、そうといえばそんなような……」

妙な言葉の濁《にご》し具合だった。そういえば、鈴木も何だか曖昧《あいまい》に言葉を濁していた。光輝に何かあったのだろうか？

「詳しく教えていただけますか？」

　すると彼女は周囲を見回すような仕草を見せた。これ以上押さなくても、彼女は好奇心に抗えずそのうち喋り出すだろうという気がした。案の定、彼女は口火を切った。

「あの、この話はぜひ内密にお願いしたいんだけれど」

「友だちのいない男は信用できますよ」

　一瞬、蘭都の顔が浮かんだ。あれは友か？　いや、大家だな。

「光輝さん、じつは先月の頭にちょっとしたことがあって……いまは警察にいるのよ」

「警察に？」

　この文脈では、警察官になったというわけではなさそうだ。

「逮捕されたってことでしょうか？　具体的に何を？」

「それは……私の口からはちょっと……」

　彼女は顔を赤らめた。赤らめるというところに、口ごもる罪状を予見させるところがあった。

「実直な方だと聞きましたが？」

「私もそう思っていたので、とても驚いているんです。まさかそんなこと……」

　ご婦人が顔を赤らめるような罪を高校教師が犯したとなると、生徒がらみが真っ先に浮かぶ。俺はこれ以上ここにいる必要はないと判断して礼を言った。

それからスマホの検索画面を開いて「石溝光輝」と入力した。考えてみれば、鈴木のあの口ごもり具合を見たときから、最初に石溝光輝について調査しておくべきだったのだ。そうすれば俺は湖西市まで足を運ぶような真似をやらかさずに済んだのだから。

スマホはじつにその名のとおりスマートに解答を導き出した。錦鯉みたいなご婦人に尋ねるまでもない。石溝光輝は、今年の六月半ばに東遠高校の生徒を自宅に数時間監禁した疑いで現行犯逮捕されていた。生徒に性被害はなく無事に保護されたが、光輝はいまも監禁容疑で留置所にいるようだ。

2

「留置所っすか？」運転しながらバロンは青虫が腕に止まっているみたいな情けない声を出した。「あんまり気が進まないっすねぇ。できるだけサツには近づきたくないもんで」

そう言いつつも、ナビで留置所に目的地を設定する。

「だろうな。近くのコインパーキングで待っていてくれればいいよ」

バロンも何だかんだ言って組の人間だ。危ない橋の一つや二つは渡っているだろう。叩けば埃の出る体の人間は、警察署の前を通るだけでもセンサーが鳴るかも知れない。

石溝光輝に会えない可能性についてはわざわざ考えなかった。本人が面会に応じてくれれば、基本的には、家族や友人以外でも、一日一回は誰であっても面会できるはず。

留置所で手続きをすると、案の定その日のうちに会わせてもらえることになった。

やがて、よくテレビなんかで見るアクリル板で仕切られた面会室に通され、きっちり五分後に石溝光輝が警官に付き添われて現れた。

光輝は入ってくると、黙って腰かけたが、俺の顔は見ようとしなかった。ただ、遠くを見据えるような目をする。その目が、どことなくかつてビデオで観た石溝光代と似ている気がした。

「はじめまして。わるいが、俺はべつにあなたの救世主ってわけじゃないです。そこんとこ勘違いしないで。聞きたいことがあってきたんですよ」

「答えられることはありませんよ。僕は容疑に関して、今のところ否定も肯定もしていません。どこにいるのであれ、教師は教師として生きるのみです」

「留置所でも教師然としていられるとはご立派だ。でも俺が聞きたいのは事件のことじゃない。あなたがなんで生徒を監禁したのかは知らないし興味もないんです」

「それは気が合いそうですね。まあ、用件次第ですが」

光輝はだいぶ慎重な男に見えた。光代の息子だけのことはあって肝が据わっている。だが、同じく光代の息子だけに、演技がうまいだけかも知れない。

「東遠高校って言ったら浜松市内だから、通勤たいへんだったんじゃないですか？」

「いえべつに。バスがありますからね。聞きたいことってのはそんなことですか？」

「いや、これは前口上みたいなもんで。じつは、絵を探してるんですよ」

「絵？」

「そう。あなたのお母さんの肖像画。見たことありませんか？」

光輝はしばらく思い出そうとするように天井を見上げた。

「……楽屋でリラックスした格好で足を組んでる絵ですね？」

「それです。まだ家にあります？」

「さあ。僕が地元の大学に通っていた頃は飾ってあるのを見ました。でも、就職した頃に一度部屋の模様替えとかをして……その前後であの絵は見なくなりましたね。介護施設に入居した後、一度母の部屋を整理しているんですが、そのときも絵は見ませんでした。今もあの家にあるかどうかはちょっとわかりませんね。あの絵がどうかしたんですか？」

「どうしたのかは俺も知りたいんですけどね」

「どういう意味ですか？」

「いや、こっちの話。失礼。それで、介護施設への入居はご自身の意志で？　それとも光輝さんの勧めで？」

「認知症を発症したんです。それで医師が入院を勧めて、すぐに介護施設の施設長が入所手続きを始めて、即日入居でした。ただまだ軽度だったので、身支度《みじたく》は自分でやっていましたが……」

「すると、彼女が自分であの絵を持っていったということも考えられますか？」

「可能性はあると思います。けっこういろいろ持ち込んでたみたいですから。こっちも段ボールの中身までは確かめませんでしたし」

「自由な施設なんですね」

「終《つい》の棲家《すみか》のおもてなしというやつですよ。今はどこもそういうのを大事にしてますから、自分の大事なものは、使わないとわかっていてもなるべく持ち込み可にしてるところがけっこうあるんです。できるだけ家で使っていたものに囲まれて、安心して死んでいくのがいいだろうって」

「それじゃあ、そこにまだ彼女の荷物はあるわけですね？」

「ええ。こんなことにならなければ、本来は僕が取りに行っているはずでした。だから、まだあそこにまとめられたままだと思います。結局、母の葬儀にも行けずじまいでしたが」

　光輝はまたぼんやりと遠くに目をやる。後悔よりも諦観に近い色がそこに浮かんでいた。

「ほかにたとえば、あなたのお母さんが絵を預けそうな人間を知りませんか？」

「鈴木さんは訪ねられましたか？」

「鈴木さんは知らないそうです」

「なるほど、すでに確認されてるんですね。まあたしかに母も彼には預けないでしょうね。『ピンハネ野郎』ですから……」

　この日いちばんの楽しそうな表情を見せた。

「ピンハネ野郎？」

「よく母が陰でそう罵《ののし》っていたんですよ。長い付き合いですから単なる悪口じゃないとは思いますけど。しかし、鈴木さんでもないとすると……」

「たしかご長男が南米にいらっしゃるとか……」

　その瞬間、光輝はそれまでの笑みを引っ込めた。

「兄貴に送ったりはしてないと思います。ずっと音信不通ですし、うちはそれほど家族の仲がいいわけでもないので。そもそも、兄の邦義は父の連れ子で、母とは血のつながりがありませんからね」

「なるほど。でもあなたは同居されていた。つまり、邦義さんよりは仲がよかったのでは？」

「お察しのとおり兄との関係ほど険悪ではありませんでした。でも仲がよかったとは、口が裂けても言えませんね。大人になってまで親と一緒に住んでいたのは、僕が地元で教師になるという道を選んだからです」

「教師になっていなければ、こうしてここにいることもない」

「皮肉ですか？　その件については何も答える気はないですし、挑発に乗る気もありませんが、もしこの地元で教師になっていなければ、もっと母と仲良くやれたんじゃないかって思ってます。とくに事務所を退所してからの彼女に対して、僕の態度はあまりよくなかった」

光輝は、実際大した男だった。留置所でこれほど堂々と初対面の相手に受け答えし、かつ高校教師らしさを崩そうともしない。この男がどんな感情から生徒を監禁したいなんて思ったのか。

「わかりました。とにかく、絵の行方はわからず、母親が預けそうなところも思い当たらない、と。しいて言えば、介護施設に置きっぱなしなのでは、ということですね？」

「ええ。すみません、あまりお役に立てなくて」

「いえいえ。俺が勝手に来ただけですから」

「お気をつけてお帰りください。話せて楽しかったです」

光輝は、久々に来校した不登校児に接する教師のような几帳面な笑みを浮かべた。

「あなたの母は偉大な女優でしたね」

「……ありがとうございます」

「あなたもこれからは母親に恥じない生き方を……」

「……信じていただきたいことが一つあります。僕が監禁をしたかしていないかは、ご想像にお任せしますが、僕はどんな時でも教師としての自己をまっとうしています。それが母の教えでしたから」

光輝はまっすぐに俺を見つめて言った。

「わかりました。信じましょう」

何の意味もない気休めでしかない。だいたい何を信じればいいんだ？　教師が教師らしく少女を監禁した事実を信じればいいのか？　だが、不思議と光輝という男には、ないがしろにはできない空気のようなものがあった。

「本当に信じていただけるんですか？」

「人が信じろと言うのなら、大抵のことは信じます。根が素直なもんでね。とにかく、もし無罪だと思っているなら、国選でも何でも弁護人にそう主張したほうがいいですよ」

「いえ、僕は無罪だとか何だとかそんなことは言ってません。ただ教師として動いているということだけご理解いただければ、それでいいんです」

変わった親子だ。どちらも意志が強く、そして世間から評価されにくいところは似ているとも言える。

「いい方向に進むことを祈ります。それで、介護施設の名前、教えてもらっていいですか?」

光輝は手で待つように示し、しばし記憶を探った。それから、生徒に落とし物を届けるように丁寧に伝えた。

「〈幸寿園《こうじゅえん》〉です。幸せにことぶきって書きます。今日はありがとうございました。失礼します」

立ち上がり、一礼して歩き始めたその背筋の伸びた後ろ姿を見ながら俺はぼんやりと考えていた。彼は本当に生徒を監禁したのだろうか?

やがて、どこでも教師をまっとうする男は、灰色のドアの向こうに消えた。

3

帰り道、バロンは車を運転しながら、しきりにナンパした女の話をした。今日の収穫は五件のＬＩＮＥのＩＤゲットだった。最近の子は出会ったばかりの男子にＩＤを教えることに抵抗がないようだ。コミュニケーションの円滑化が人類の定めなら、それは進化に違いない。バロンはその子たちに自分が作ったＬＩＮＥスタンプを買ってもらう気らしい。ただのナンパではなくて、しっかり商売にもつなげる気なのだ。

「それで、蒼さんのほうは成果ありっすか？」

「ありとも言えるし、なしとも言える。もう一軒行きたいんだがいいか？」

「いいっすよ。風俗っすか？」

「ちがうよ。介護施設だ。石溝光代はそこに絵を持ち込んでるかもしれない」

「ビビりました。一瞬、熟女好きを極めすぎたかと」

俺はバロンの頭を叩いて〈幸寿園〉の名前を告げ、バロンはそれをナビに入力した。優秀なナビはすぐに場所を検出し、画面に示した。

「ここから十五分くらいっすね。行ってみましょう」

「頼んだ。安全運転でな」

俺がそう言い終わるか終わらないかのうちに、バロンはアクセルを踏み込んでいた。

走り出してすぐに電話が鳴る。蘭都からだった。

「どう？　調子は」

「まだ絵を追ってるよ。そっちは？」

「いま家に向かう途中だが、ずっと尾行されてる。奴ら、完全に僕をマークする気みたいだ。暇なのかな」

「なるほど。じゃあ俺のほうはノーマークなんだな」

俺は勝ち誇ったように笑ったが、よく考えると別に勝ち負けの問題ではない。

「それは分からない。奴らの組織の規模もこっちはまだ把握してないからね。今夜の宿はとった？」

「いや、まだ決めてない」

「こっちで取ろう。どこがいい？　駅の近く？」

「んん、まあちょっと考える。また連絡するよ」

俺は電話を切った。すぐにホテルの場所を頼まなかったのは、盗聴の可能性を考えてのことだった。すでに蘭都が尾行されているのなら、その会話も慎重を期したほうがいい。あとでメールででも頼んだほうがいいか。

「そういや、日本人ってあんまり親を老人ホームに入れたがりませんよね」

バロンは理解できないといったふうに首を傾げた。

「みんなでもないさ。実情は半々てとこだろう。だが、家制度がまだ半分生きてるのがこの国だからな」

「俺は老人ホーム推奨派っすよ」

「なんで？」

「親を最後まで好きなままでいたいんでね」

「だからこそ介護したいって人も多い」

「いろんな意見があるってことっすね。先輩はどうっすか？」

「俺はまず、親を探すところからだな」

バロンは笑った。笑ってから、笑ったらまずかったかと気にするような顔つきになる。

「すみません」

「慣れない反省はよせよ。ジョークに笑って何がわるい？」

「なんだ、ジョークなんすか」

バロンはふたたび安心したように笑い出した。べつだんジョークでも何でもなかったが、それには触れないことにした。母親がいまどんな暮らしをしているのか、俺は把握していない。わかっているのは市内にいることだけだ。

前に付き合いのあった詐欺師の男は警察の御用になったようだが、それで彼女が幸せになったという保証はどこにもない。父親についてはもっと謎だ。名古屋に一度会いに行こうとして、引き返してそれきりだ。しかし立派な庭のある家に住んでいるところまでは確認できた。それでじゅうぶんだとも思っている。

いずれにせよ、俺にとっては介護問題はあまりにも遠い霞の向こうの山だった。俺はスマホでこれから向かう〈幸寿園〉について調べた。〈幸寿園〉はいまどきのホスピタリティ精神を売りにした介護施設だった。金持ちの高齢者向け施設というやつだろう。口座からの自動引き落とし契約さえ結べれば、あとは毎月がっぽり金を巻き上げられる。いいビジネスだとも言えるが、そのために大量のおむつ替えをするのは決して割に合ってはいない。まして国の福祉に対する意識はあまりにも低く、市からの補助もまだまだ十全とはいえないと聞く。俺がホームページをちらっと見ただけで判断できるほどには稼げていないのかも知れない。

ホームページのトップの言葉がまたなかなか笑わせてくれた。

《終わりよければ、すべてよし》

そんな単純にまとめられるほど人生は単純なものなのか？

まあそうでないとは断言できないか。
俺は笑った。その笑いはもちろん、アクセルの轟音《ごうおん》にかき消された。

第四章

1

石溝光代が晩年を過ごした高齢者介護施設〈幸寿園〉に着いたのは、四時近くだった。

「長くかかるようなら先帰っていいからな」

降りがけに告げると、バロンは親指を立て「ご心配なく。待つのは得意ですから」と言って車を急発進させた。大方、駅前でナンパでもする気だろう。

いまのところこちらに尾行の影はない。俺が身の危険に晒されることはまずないだろう。

改めて〈幸寿園〉を眺めた。高級低層マンションといった雰囲気だった。ここら一帯が高級住宅街でもあるから、その地域性に配慮したとも言えるが、さらに言えば、そんな高級住宅街の住民から「あそこになら親を入れてもいい」と思ってもらえることが重要なのだろう。その狙いはある程度成功しているように思われた。

ゲートを潜ると、バリアフリー設計のなだらかな曲線を描くエントランスが現れる。土足で上がれるようだ。インターホンはなく、スライド式ドアを開けるとそのまま黙って中に入れた。こういう場所は客の往来が多いのかもしれない。面会者だってしじゅういるはずだ。

ちょうど通路に面した事務室らしき一室のドアが開き、職員らしき若い女性が出てきて、俺のほうに向かって歩いてやってきた。

「こちらに石溝光代という入居者が……」

「先週お亡くなりになりました」

息つく暇も与えまいとするような早口だった。まるでマシンだ。相手が機械でも構わないが、ホスピタリティ精神は付けておいてもらいたいところだ。

「いや、もちろんそれは知ってます。じつは……」

「ご家族の方ですか？　助かりました。私どももずっと困っていたのです。荷物を持って帰っていただけますか？　処理に頭を抱えておりまして。もうこのままなら来週にでも全部ゴミ収集に出そうかなんて施設長とも話していたんです」

「いや、違うんです」

「違う、と言いますと、ではご友人ですか？　いずれにせよ、どなたかこの荷物を引き取っていただける方を……」

誤解されているようだが、このまま誤解してもらったほうが何かと聞き出しやすいだろう。

「……私、こういう者です」

俺は、さっき鈴木にもらった名刺を手渡した。

「長らく、彼女のマネージャーを務めていました」

彼女は代表取締役という肩書きにはさして興味がないらしく、軽く頷くと相変わらずの早口で「では荷物を持って帰っていただけますか？」と言った。

「あとでうちのスタッフに取りに来させます」

「助かります」

「でも、じつは今日来たのはべつの用事でなんです。絵のことなんですけど」

「絵、ですか？　つまり、ピクチャーですね？　光代さん本人ではなく、絵のことがお聞きになりたい、と」そこで彼女はちらっと時計に目をやる。「お答えしたいところですが、私どもは限られた時間のなかで大勢の入居者に行き届いたサービスを提供しなくてはなりません。誠に恐れ入りますが、入居者以外の方に割ける時間を超過しております」

「もうすぐ終わります。光代さんの私物の中に絵はなかったですかね。肖像画なんですが」

「肖像ということは、光代さんご自身が描かれている、ということですよね？　光代さんの部屋にそういったものはなかったように思います」

「本当に？」

「私どもが嘘をついているという意味ですか？　だとしたら答えはノーです。これでも私は光代さんの担当でした。誰よりもよく彼女を理解しているつもりです」

マシンは堂々と主張した。ここまで潔《いさぎよ》いと、逆に好感が持てる。

「飾ってはなかったかも。もしかしたら大きめのスケッチブックに挟むとか、そういうふうに……」

「いいえ。とにかく、彼女はそういったものは持っていませんでした。荷物の少ない人でしたから。持ち物といったら、大抵は古い映画のＤＶＤでした。そのくせ、映画は観るのも嫌いと言って、広間でみんなで映画鑑賞をするときも自室に籠もっていました」

意識下で、光代は映画というものを忌避《きひ》していたのかも知れない。だが一方で、自分の功績を捨てられずにとっておいた。

「光代さんは認知症だったという話ですが、会話はできたんでしょうか？」

「私以外の職員には固く心を閉ざしていましたね。ご本人はあまりここで暮らすつもりはなかったようで。そういう方は少なくないです。皆さん、本当はご家族のもとで過ごしたい方がほとんどですし」

「じゃあ光代さんは、本当は家で暮らしたかったんですか？」

「家、ではないようでしたね。家族に未練はない、とも口にしていたので。私にこんな話をしてくれたことがあります。本当かどうかはわかりませんが、舘山寺方面にあるホテルで、出資したところがあるのだ、と。認知症の方なので、現実と妄想が混濁することはありますから、私は話半分で聞いていましたが」

また彼女は時計をちらっと見る。いよいよ時間がなくなってきたようでそわそわしているのがわかる。切り上げ時か。

「なぜそんな話をあなたに？　自慢話ですか？」

「いえ、何度もここから帰ろうとするので、ここも快適ですよって話したら、本当は、自分は舘山寺のとあるホテルの改修に投資をしていて、老後はそこで毎日温泉に入ったりして優雅に過ごすつもりだったと、泣きそうな顔で言われました」

気になるのは、光代が出資したというホテルの存在だ。単なる妄想であれ、彼女はそうしたつもりでいる。それは一体どこなのか。

「そのホテルの名前とか話してませんでしたか？」

「ホテル名は記憶していません。ただ、そこのオーナーの名前を何度か言ってましたね。たしか……そうセリアさんです」

「変わった名前だ。つまりその女性に出資していた、と？」

「ええ、本当かどうかはわかりませんが……本人は、セリアに出資してたのになんでこんなところで一生を終えなくちゃならないのよ、と」

気になる話ではある。俺は礼を言って〈幸寿園〉を後にした。

「スタッフの方はお荷物を何時ごろ取りにみえますか？」

帰りがけにそう尋ねられ、自分のついた嘘を思い出した。

「帰ってスタッフに確認し次第連絡しますよ」

「お願いします！」

彼女はこれでようやく仕事に戻れることを喜ぶように素早くお辞儀をすると、回れ右をして歩き出した。だが、すぐに足を止めて振り返った。

「じつは——一つだけ後悔があるのです」

「後悔？」

「そのホテルの話を、もっと真面目に聞いてあげればよかったって。嘘でも本当でも、一度くらいそこに泊まらせてあげればよかった、と。まあつまらない後悔ですが」

「いや、つまらなくはない。あなたいい人だな」

ただのマシンじゃないな、とは言わなかった。俺は言葉を選べる大人なのだ。彼女は一瞬の感情をすぐにしまい込むように黙礼して持ち場に戻っていった。

2

「今日の宿が決まったよ」

車に乗り込んでそう告げると、よかったっすね、とつまらなそうにバロンは溜息をついた。

「ナンパが失敗したのか」

「そんなとこですね。ツイてない日はとことんツイてない。十連敗っす。そのうえ、さっきゲットしたＬＩＮＥ五件もぜんぶ既読スルーっす。最悪ですよ。まあでもきっと今日はビールがうまいんでしょうね。そうでなきゃ帳尻《ちょうじり》が合わない」

「ビールがうまくて帳尻が合うなら、大抵の一日は帳尻が合ってることになる」

「違うんですか？」

「日本人の多くは違うだろうな」

バロンはヒューっと口笛を吹いた。

「で、どこに行けばいいんですか？」

「とりあえず舘山寺方面に向かってくれるか？　詳しくはこれから調べる」

「了解っす」

バロンはまた車を急発進させる。トム・ウェイツの嗄《しゃが》れ声が流れ出す。

「俺が思うに、トム・ウェイツなんか聴いてるナンパ師は、失敗率が高そうだ」

「ナンパする前には聴かないっすよ。ナンパに失敗した日は、世も末って気分ですからね。これがいちばん心地いいんす」

「俺は上機嫌の日でも聴くよ」

「へえ？　蒼さんて虚無っすね」

何か言い返そうとして思い留まった。虚無でないとは言い切れない。トム・ウェイツは理解不能な早口で何やらがなり立てていた。ひどい嗄れ声は、そのまま現在の憂鬱をなぞるようだった。

スマホの検索画面で〈舘山寺〉と入れ、さらに〈セリア〉と入力してみる。すぐにヒットした。〈舘山寺アコーホテル〉。

外観から内装に至るまで、改修工事は徹底的に行なわれたのだろう。会社概要を見ると、二年前に着工し昨年完成したとある。ホームページのトップを飾る外観パースは、梁《はり》が極端に少なく、目の前に広がる浜名湖の輝きを吸い込んで照り返すモダンな全面ガラス張りが一層開放感を高めているかに見える。

そのトップページのやや下のほうに進むと、深紅のタイトなスーツを着た笑顔の女性が現れる。〈オーナー　赤河瀬莉愛《あこうせりあ》〉とキャプションがある。このホテルにまちがいないだろう。

「〈舘山寺アコーホテル〉って知ってるか？」

「もちろんっすよ。毎年この季節になるとあるじゃないですか、舘山寺のほうで」

「花火大会か？」

「そうっす。あれの一週間前くらいに〈舘山寺アコーホテル〉では毎年大衆演劇祭をやってるんですよ。それで、組長のひいきの役者が出てるとかで宴会やらされたことがありますね」

「ふうん……」

相槌を打ちながら、何かが引っかかった。たしか、石溝光代は引退の前年まで毎年夏に舘山寺で一人芝居をやっていたのではなかったか。ああ、そうだ、その会場が〈舘山寺アコーホテル〉だった。

そして――俺が親父に連れられて、楽屋裏で絵を描いたのも、ここだ。

それにしても、記憶とは似ても似つかぬ外観だった。俺が記憶しているのは、ホテルと銘打っている旅館といった雰囲気だった。つまり、このホテルは大幅に改修されている。

「妄想なんかじゃねえなこりゃ」

「ん？　どうしたんすか？」

「いや……何でもない」

「ところで、ホテルの部屋ってもう取ってるんですか？」

「これからだけど」

「人気の宿っすからねえ、難しいっすよ、今からだと。浜松も観光シーズンはとくに部屋がぎっしり埋まりますからねえ」

「そうなのか？　まいったな……」

「ちょっと待ってくださいね」

バロンはそう言うなり、突然その場で電話をかけ始めた。運転中だからブルートゥース接続でハンズフリーにする。こんな飛ばす奴が片手運転はしないのかよ。

「兄貴、すみません、ちょっとお願いなんすけど」

「あ？　なんだ、バロン」

知らない声だ。

「突然なんすけど、〈舘山寺アコーホテル〉一室、押さえられませんか？」

「女連れ込むのか？」

「ちがいますよ、俺が使うんじゃないですってば。蘭都さんの御親友ですよ」

「なに、若様の？」

若様ときたよ、コイツ……。俺は呆れつつ展開を見守った。

「すると、アイツか、濱松蒼とかいう」

「はい、そうです、その……」

「あれだろ、東京から戻ってきて若様の家に転がり込んだ」

どうやら俺は小吹組界隈《かいわい》じゃ有名らしい。

「はいはい、ええ……」

「あの売れない絵描きか」

「売れないって言わないであげてくださいよ、本人も気にしてるんすから、がははは」

電話の相手は俺を売れない画家だと認識しているようだ。ヤクザのわりに正しい物差しを持っている。

「任しときな。うちの大事な客だって言って予約しとくから」

「ありがとうございます！　感謝、感謝、オブリガードっす、兄貴！」

バロンは両手をハンドルから離して喜び、画面にキスをしてみせた。俺はブレたハンドルを横から摑んで押さえた。免許のない俺にとってハンドルを持つというのはそれ自体が大冒険には違いなかった。

「部屋、押さえてくれるそうです」

「聞いてたよ。それはありがたいが、俺はなんと言ってチェックインすりゃいいんだ？」

「小吹の者ですって言えばいいんすよ」

「それは大いなる誤解を招きそうだな」

「しょーがないっすよ。なんすか？　部屋とらないほうがよかったですか？」

「いや、そうは言ってないだろ、バロン君よ」

「オールで俺とナンパします？　バイトサボっちゃいますよ？」

なぜかバロンは肩を揺らして言う。なんでこうもコイツは楽しげなんだろうな。

「俺がわるかったよ、バロン君。まあ、俺は蘭都の部屋の間借り人だからな。小吹の者でも間違いじゃねえわけだ」

ものは考えようだ。あいつが単体で組なら、俺も組員てことになる。俺は蘭都に電話した。が、奴は出なかった。十回コールしたところでいったん電話を切る。

するとすぐに電話が鳴った。蘭都からだ。

「生きてたんだね」

開口一番そんなことを言われるのは初めてだった。

「当たり前だ、電話出ろよ。宿が決まった。俺は何日くらい泊まればいいんだ？」

「僕がいいと言うまで」

「俺はおまえの手下じゃねえんだぞ」

「でも僕にもたしかなことは言えないんだ。とにかく、男たちの気配がなくなるまではそこにいてくれないか」

「えっと、宿の名前はＬＩＮＥで後でな」

「それがいい。電話はまずい」

「珍しく意見が合うな」

電話を切った後、俺はＬＩＮＥの画面を開き、ホテルの名前を入力した。さすがに盗聴まではと思っていたが、蘭都も同じ心配をしていた。ということは、まんざら「しすぎ」でもなかったんだろう。蘭都にはもしかしたら、まだ隠していることがあるのかも知れない。たとえば――尾行してきた男たちについて、奴はすでにある程度の情報を掴み始めているのかも。

その予感は当たっていた。

ＬＩＮＥを送って一分後、返事が返ってきた。

〈君を追ってる男たちの正体がわかったよ。篠束組《しのづか》だ〉

篠束組——それは静岡県東部でかつては小吹組とともに二大勢力を誇ったヤクザだった。近年の動向は知らないが、ちょっと前まではよく聞いた名前だ。

「やれやれ……とんでもないのを引き寄せちまったみたいだな……なんでだよ？」

車はビニールハウスと林ばかりが交互にくる県道３２０号線を進んでいた。やがて、右手に広大な浜名湖の水景が見えてきた。俺は数日後に水面に巨大な花火が映し出されるところを想像した。そして、映し出された花火の中を泳いで進む、幾多の灯籠を。

灯籠は死者が道に迷わないための灯りだという。ならば、今年は石溝光代にも灯籠が必要だろう。

3

道路と水平に湖面が広がっている景色を進むと、身体の右側と左側でちがう世界にいるような錯覚を起こしそうだった。やがて〈浜名湖パルパル〉が、さらにその先に舘山寺ロープウェイ乗り場が見えてくる。その高架下を潜り、間もなくここら一帯の総称ともなっている舘山寺に辿り着こうかというところで、くだんの建物が見えてきた。

間近で見ると、ホームページで見たよりもシンプルな外観で、贅《ぜい》を尽くした印象以上に、湖の青の映し出されたガラス張りが際立っていた。

「中はかなりゴージャスっすよ。ほら、脱いだらすごい女みたいな」

「おまえはどこまでもそういう譬《たと》え方しかできないのか、この時代に」

昨今じゃこういう表現一つでピリつく世間様を知らないらしい。何事もリテラシーが行き渡るにはこの国は細長すぎる。

「ここのオーナー、めちゃくちゃきれいなんすよ」

車寄せコーナーで降りるとき、バロンが言った。

「見たよ、ホームページで」

「あ、それが宿の決め手っすか？　ダメっすよ、オーナーに手ぇ出しちゃ！」

「俺を何だと思ってるんだ」

「デリバリー必要なら言ってくださいね」

「いらねえってば」

俺は車から降りて回転扉を抜け、フロントに向かった。バロンが背後から「アディオス！」と叫ぶのに振り返らず手だけで応えた。

確かに、バロンの言うとおり、入った瞬間から別世界に誘《いざな》われた。そこはオリエンタルな雰囲気とモダニズム建築が融和し、瀟洒《しょうしゃ》なシャンデリアとステンドグラスに彩られた極彩色の空間だった。二層吹き抜けの尖頭アーチ型のエントランスホールは、そこで新たな神話でも始まりそうな予感さえ与えた。天井に無数の方形のタイルがあしらわれ、そこにさまざまな舘山寺の伝説のモチーフがオリエンタルなタッチで描かれている。

俺がかつて訪れた時の、あの寂れた和風〈旅館〉はもうここにはないのだ。そして、そこで煙草を吹かしていた一人舞台の女傑も。時間はすべてを洗い流してしまった。

黒い御影石《みかげいし》で作られたフロントは無人だったが、俺がその前に立つと、すぐに奥から人が出てきた。深紅のスーツを纏った女性だった。きわめて艶《あで》やかでくっきりとした顔立ちは、疲労回復効果すらありそうだった。ひと昔前の韓国映画で主演をよく張っていた女優を少しばかり思い出させた。服の色合いがまた、内に秘めた煌《きらめ》きを見事に可視化してしまっている。

「いらっしゃいませ。小吹様の……」

言いかけて言葉を失ったその女こそ、ホームページに映っていた赤河瀬莉愛その人だった。ホームページで見るよりもずっと華やかな雰囲気だった。髪をシニヨンにまとめているためか、より顔立ちの良さが引き立ってみえた。しかし、口元には微笑が浮かんでいるのに、理性がかったガラス細工のような瞳が、どこかひんやりとした感じを与える。一瞬、自分がどこかの国の女王陛下に謁見しているという錯覚を覚えたほどだ。

だが、彼女は俺の顔を見て、口元の笑みを消した。

「ん、どうかしました？」

「失礼ですが……こちらのご利用は、初めてですか？」

俺が「ええ」と答えると、しばらく彼女は考え込むようにして、俺の顔をじっと見ていた。それから不意に、

「もしかしてフォンの彼氏クン……？」

「え？」

「なるほど、そういうことか。あの時の……。謎が解けた」

事情がさっぱり呑み込めなかったが、ひとまず彼女がフォン経由で俺を知っていることは理解した。

「正確には元彼ですね、今は」

現在の状態にあえて名前をつけるなら、そうなるだろう。いずれにせよ、赤河瀬莉愛のほうでそれを気にする様子はなかった。

「私、むかしダンス大会の後に楽屋裏で君に挨拶したことあるんだけど、覚えてる？」

「え、いつですかね……」

「えっと、私が大学中退して、しばらく入団してた東京の劇団を辞めて地元に戻ってきた頃だから、フォンは高校三年だったかな」

劇団経験者と聞けば、たしかに舞台映えしそうな顔立ちだ。

「ふむ……だとしたら、会ってるかもしれません」

実際こうしてフォンという名が出た時点で、人違いということはまずないだろう。ただ、残念なことに俺には彼女と話した記憶はなかった。

「その若さでホテルを切り盛りされてるのはすごいですね」

彼女は曖昧な笑みで俺の探りをかわした。

「ただ先代から継いだだけよ。すごくはないわ。蒼クン、だっけ？」

名前まで憶えられているのなら、たしかに俺は彼女と関わりがあったのだろう。

「どうして今の組織に？　もっとまっとうな仕事に就けそうだったのに」

「それにはいろいろ誤解がありますね。でもまあそのことはおいおい話します。とりあえず、これから何日か厄介になると思うので」

「滞在期間については、後払いでという話がもうついてるから、お気になさらず。そう、でもそれなら、組の方というわけではないのね？」

彼女は植物学者が樹木の症状を診断するときのような目で俺を覗き込んだ。彼女の前ではどんな嘘も簡単にバレてしまいそうだった。つくべき嘘が今のところないのはラッキーとも言えた。

「それにしても、君はなんだか大人っぽい話し方をするようになったね。私、いまでもあの時のこと忘れてないよ。私のこと、なんて言ったか覚えてる？」

俺の頭には台詞以前に、過去の彼女の姿が見当たらなかった。

すると、俺の様子に瀬莉愛は少なからず幻滅したようで、無表情になってかぶりを振った。俺は女王陛下を怒らせてしまったのかも知れなかった。

「もうだいぶ昔ですものね。この話はやめましょう」

彼女は急に丁寧な言葉遣いに戻った。まるで、記憶の小部屋から俺をシャットアウトするみたいに。

「いや、気になりますよ、話せば思い出すかも」

「もう結構です。とにかく、ようこそおいでくださいました」

　彼女はビジネススマイルに戻っていた。俺は何か大事なところでミスを犯したらしかった。

「待ってくれ。俺はあなたに何と言ったんです？」

　俺はじっと彼女を見た。やはり何も思い出せなかった。そもそも、フォンのダンス大会に行ったときは、フォンが楽屋裏で友人だの後輩だの先輩だのを次から次にひっきりなしに紹介してまわっていたのだ。いちいち覚えていられるわけがない。

「失礼があったんなら謝りますよ」

「私、そんなこと言いました？」

　その前にホテルの客にそんな死んだ目を向けないでほしい、とは言わなかった。彼女は口元だけに笑みを浮かべ、固い表情のまま黙礼して「こちらへどうぞ」と告げた。

　通されたのは、二階のデラックスルームだった。建物は四階まであるから、上にはスイートルームなんかもあると考えると、ここは中級の部屋なのだろう。それでも俺一人には贅沢すぎる部屋ではあった。大理石床が広がるベッドルームと、琉球畳《りゅうきゅう》の敷かれた和室の二部屋があり、バスルームとトイレも別々に設置されていた。道端でじいさんの一人も拾って連れてくるべきだったか。

「お食事はお部屋でなさいますか？　それとも大食堂にお越しになられますか？」

「部屋で食べたいですね」

「かしこまりました。では、後ほどお持ちします」

彼女が引っ込もうとするのに、俺はとっさに彼女の手首を掴んだ。

「待ってください。しばらく厄介になる以上、こんな雰囲気はいやだな。過去に俺が何を言ったかわかりませんが、あなたはその事実を中途半端に匂わせた。それでこっちが思い出さなかったからカードを引っ込めるっていうのはフェアじゃないと思いませんか？」

「いいえ、まったく。手を放していただけますか？」

彼女は頑なだった。やれやれ。一体俺が何でこんな目に遭わなくちゃならないんだ？

だが、この思いがけなくこじれた関係を解きほぐす方法がある。

「じつはただ泊まりに来たわけじゃないんだ」

「……どういうことですか？」

「石溝光代について話を聞かせてもらえないか？」

それまでと、あえて口調を変えた。本質に切り込むには、ギアを変えてみせるのが一番手っ取り早い。

「……何のことだかわかりません」

「このホテルは二年前に改修工事が為されている。結構な額だったはずだ。誰にも投資を受けずに進められるとは思えない」

「君に何の関係があるの？」

「やっと普通の話し方になったね。そう、俺がギアを上げたようにあんたもそうした。ギアを上げなきゃならない理由がそこにあるわけだ。それは何だろう？　簡単には言えないことか？」

瀬莉愛はじっと俺の顔を見ていたが、結局は沈黙を選んだ。暴力も選ばなかった。

「御用がありましたら、そちらの電話でお呼び出しください」

「用はあるよ、今」

「失礼いたします」

彼女は固い笑みを口元に浮かべ、部屋から出て行った。

誰もいなくなると、俺は琉球畳の上にごろりと横たわった。こんなだだっ広い空間が俺一人のために用意されていることに何とも言えない居心地悪さを覚える。

フオンと二人で暮らしていた時は、１ＤＫのアパート暮らしだった。居場所はだいたいベッドの上で、料理を始める時と出かける時以外は、そこから動かなかったものだ。

そして今は蘭都のソファを間借りして、一日用事がないかぎりはそこでごろごろし、起き上がったらとなりのアトリエで絵を描く。それだけだ。いつの間にか、家に広さを求めることを忘れてしまっていたのかも知れない。自分の身体が収まりさえすれば、そこがどんなところでも構わなかった。

身体を起こす。

のんびりしていていいわけがない。時刻は四時半。これから夕飯までの間に、ちょっとホテルのなかでもぶらついてみるか。瀬莉愛についての記憶は相変わらず戻らない。女というのはメイク一つでも雰囲気が変わるし、そうでなくても、十代から二十代にかけて顔のバランスが激変する人もいると言う。俺の記憶のなかの彼女と現在の彼女は、似ても似つかないかも知れない。それならば、いくら考えても思い出せるわけがないのだ。

「んなことより出資の問題だよ」

なぜ瀬莉愛は石溝光代の名を出し、出資の話に触れた途端態度を硬化させたのか？　そこに何らかの後ろ暗いものがなければ、実は光代さんに出してもらいまして、と言えばいい。そうでなくても、〝どこでその話を？〟くらいの切り返しはできたはずだ。ところが瀬莉愛は、俺がどこでこの話を嗅ぎつけたかも知ろうとせず、ただ頑なに逃げの一手に出た。

どうも奇妙なことが多すぎる。光代がこのホテルに投資したのは恐らく本当の話なのだろうが、それを瀬莉愛はなぜか隠したがっている。光代は不本意なかたちで〈幸寿園〉で死に、澤本亮平と篠束組の人間は、彼女の肖像画を探している。

なぜあんな昔の絵を今になって探すのか？　死んだからこそ値打ちが出るという理屈も一理あるにせよ、こんなに必死になって探すほどなのか？　亮平はそのつもりでも、篠束組まで動き出したとなると、あまりに大げさな気がする。

気になることはそればかりではない。こういろんなことが重なると、光輝の逮捕の件も、罪状を額面通り受け取っていいものかどうか。彼は罪状を否定こそしなかったが、どんな時でも教師としての自己をまっとうする人間だと言った。あれは、暗に冤罪《えんざい》だという主張なのではないか？　もしかしたら、何者かにハメられてやってもない罪を被せられているのかも知れない。誰が、何のためにそんなことを？

これらのいくつかの謎は、一つ一つは疑問に思うまでもないようなことかもしれない。だが、調べ始めたとたんにこうも連鎖すると、さすがにそこにつながりを求めたくなる。

俺は部屋を出て館内をうろつきながら思考を整理する。昔から絵画のアイデアでも何でも、キャンバスの前でじっとしていても何も浮かばないタイプだ。足を使うと、イメージが喚起される。こういった調査でもそれは変わらないらしい。

広々とした廊下を歩いていくと、廊下の途中に大きな中国風の壺があった。みてすぐに高価な代物とわかる。オブジェ一つにしても、それなりに値が張っている。舘山寺は観光名所の一つではあるが、このホテルはそんなに羽振りがいいのだろうか？　ホームページを見るかぎり開業から四十年近い歴史があるようだが、まだ彼女がオーナーになって数年というところだろう。それこそ、改修とともに彼女のキャリアは始まったようなものかも知れない。

一体、どこで彼女は石溝光代とつながったのだろう？　先代とすでに縁があったということだろうか？　それだけのことなら、普通に俺に話してくれてもいい。

瀬莉愛という女にはどこか影がある。あの無表情を押し通すようなところに、逆にとんでもない裏の顔があるような気分にさせられる。それとも、ただそうあってほしいと思っているだけなのか。

「その壺は、〈白蘭壺《びゃくらんこ》〉という壺で、映画の『白蘭の歌』のシーンが描かれているそうよ」

いつの間にか、背後に瀬莉愛が立っていた。話し方も、さっきとは別人のように穏やかで、少しも尖ったところがなかった。

「光代さんが好きだったの。いつもその壺の前で何事か考えるように立ち止まってらした。彼女、李香蘭《りこうらん》にすごく憧れていたから。『白蘭の歌』は李香蘭の代表作で悲恋の大河ドラマ」

「ふうん。この壺、いくらで買ったの？」

「またお金の話？　君って何でも物事がお金に見えてしまうの？」

「いまは物事の裏側を見るために動いてるからね」

彼女はふっと笑った。

「他のお客様もいらっしゃるの。あまり館内をうろつき回らないでね。迷惑になるから」

「俺も客だよ」

「どうかな。夕食は七時でよかった？」

「ん、まあその頃には戻ると思う」

「どこかに行くの？」

「ちょっとね」

光輝が監禁したという少女にコンタクトをとる必要がある。被害者にとっては思い出したくもない事件かも知れないが、冤罪の可能性を検討しておきたい。

「じゃあ、タクシーを呼ぶね」

「ありがとう」

瀬莉愛が電話をかけに行っているあいだ、ロビーの土産《みやげ》物屋で寝る前の晩酌《ばんしゃく》を想定して〈うなぎボーン〉を買っておいた。これがあればどんな酒でもイケる。まあ、歯が丈夫なら、だが。

売り子は三十代半ばくらいの女性だった。時折客と談笑したりしている様子から話し好きと判断して、購入品を包んでもらっている間に話しかけた。

「ここの従業員は何人くらいいるんです？」

「ざっと、二十名ちょっとでしょうかね」

「そんなに？」

二十数名の社員の給料を払い、さらにそこにベッドメイキングや清掃を請け負う業者との提携料金などが加算される。そうなると、やはり経営上相当額がかかっていることになる。

光代から改修費を投資されたのは理解できるとして、その後も運営を維持するだけの裁量が瀬莉愛にあるということだろう。

「石溝光代さんがここを訪れたことはある？」

「ええ、毎年、一人芝居をなさってましたからねえ」

「それ以外では？」

「何度かは。オーナーと親しくされてましたから、よく館内を案内されていましたね」

やはり瀬莉愛と光代には何らかのつながりがあるのだ。それも、俺に対してとぼけなければならないようなつながりが。

「ところで、俺は小吹組の者なんだが、小吹組の連中はよく来る？」

俺は店員のポケットに三千円をねじ込んだ。

「……お、小吹組の方とは限りませんが……でも、この時期になると、一定数そうした方が訪れるのもたしかです」

「小吹組以外にも来たことのある奴らがいるってことだね？」

「ええと、はい……篠束組の方とか……」

「ふむ……なるほど」

何やらグレーな話の気配を帯びてきた。

「お客様、お話し中恐れ入りますが、タクシーが参りました」

振り返ると、瀬莉愛が土産コーナーの前で深々と頭を下げていた。だが、顔を上げた時、俺が店員と話していたのを不審がっているのがありありとわかった。俺はすぐに疑いを逸らすべくその場を離れ、エントランスに向かって歩き始めた。瀬莉愛は俺のとなりに並んで歩いた。

「売店のスタッフに何を話していたの？　こそこそと嗅ぎ回らないでくれない？」

「堂々と尋ねても答えてもらえないのに？」

「君はほしいものが手に入らなければ泥棒をするタイプ？」

俺はお手上げのポーズをしてみせながら、瀬莉愛と同じタイミングで回転扉に入り外へ出た。すでにタクシーは車寄せコーナーで待っていた。

「遅れる際はご連絡くださいね」

「そう言われると夫婦にでもなったみたいだ」

瀬莉愛はモルモットを観察する科学者のような冷めた目で俺を見た。

「あぁえっと、一つ、言っておきたい。俺はべつに君が石溝光代からいくらもらってようがどうでもいいんだよ。そんなことは俺に関係ないんだから」

そのあとに絵の話を続けようか迷った。だが、やめておいた。今はタイミングが悪い。どうせ誤魔化されて終わりだろう。タクシーに乗り込みかけた時、瀬莉愛が言った。

「すると、関係ないことをさっき君はわざわざ口にしたわけね。わるいけど、そういう人を私は信用しないんだ。それでは――お帰りをお待ちしております」

彼女はそれ以上俺に何もしゃべらせまいとするように頭を下げた。

どうやら俺は、すでに彼女に見えない仕切りを作られてしまったようだ。

無情にもタクシーのドアは閉まり、ゆっくりと動き出した。

4

魔が差すということは、人間誰にでもある。

たとえば、そう、俺の場合、タクシーの中で唐突に魔が差した。

「あいつに連絡してみるか」

警官の知り合いがいることを思い出したのだ。じつのところ、そいつが地元にいることはだいぶ前からわかっていた。だからこの半年、奴に会わないようにと息を潜めてきたつもりだった。その努力を、台無しにしたくなったのだ。

「おう、どうしただよ？　濱松蒼大先生じゃん」

通話の向こう側で、中村《なかむら》はまるで三年前から俺がかけてくることを見越していたみたいな余裕の雰囲気で電話にでた。

「いつかお前が電話をかけてくると思ってただに」

「なんでだよ？」

「念を送ってるもんで」

中村は小学校の上級生で、年齢は五つ離れている。俺が小二に上がる頃には奴は中学生で、たまに帰宅時間が重なったりすると、自転車に乗ってへらへら笑いながら俺の通学へルメットを叩いてきたりしたものだった。あの頃は本気でこいつがイヤで仕方なかった。大人になっても嫌なことに変わりはないが、相手にしない術は覚えた。

「それで、社会のクズの大先生が何の用よ？」

「電話かけてくると思ってたんなら用も当ててみろよ」

「やめるだよ、蒼坊、俺にすごんでも意味ないに」

自分が永遠に上級生だと思っていやがる。めでたい奴だ。

「東遠高校で五日前に女子高生監禁容疑で捕まった教員がいたはずだ」

「んぁ？　管轄外だに、その件なら」

「調べりゃわかるだろ？」

「どうだかいねぇ。んで、それがどうかしただか？」

「その被害者を知りたい」

「そりゃあダメだに。いいけ？　被害に遭った女の名前なんかいくらなんでもお前に教えられるわけないら。警察がいまどんだけそういった個人情報に敏感になってると思ってるだよ？」

酔いが醒めたみたいにまともなことを言いやがる。俺は笑いながら同時にあくびをかみ殺した。

「おまえの隠された犯罪歴を警察にばらす」

「な……何言ってるだよ？」

俺はこいつが十代の頃に一件の放火未遂事件を起こしたのを知っている。もっとも、結局大事には至らず、死傷者も出なかったのだが。祭りの夜に、集会場の裏手の小屋で提灯に火をつけて俺をビビらせようと待ち伏せていたら、小屋に火が回ったのだ。俺がいち早く大人たちに知らせなければ、集会場にも火は回っていただろう。もちろん、この件は俺しか知らない。

「その手に乗るかよ。バーカ。っていうかよ、そんなに知りたいならいくらでも手はあるだよ」

「手って何だよ？」

「それくらい自分で考えるだよ。足つかえ足を」

中村は笑ってはぐらかした。

「今度、飯食いに行きまい」

「おまえがいない席なら喜んで行くよ」

「奢《おご》ってやるだよ、蒼坊、おまえの人生の悲喜こもごもを肴《さかな》にしてな。じゃあな」

電話は切れていた。

「足ねえ」

しばらく考えた。そして、驚くほどありきたりで、手堅い方法がすぐに浮かんできた。

たしかに、それくらいは自分で考えるべきだった。

5

蜆塚《しじみづか》と聞いたときから、そこが高級住宅街であることはわかっていた。この高級街区に、安達ミーナがいる。数時間とはいえ監禁された少女。石溝光輝の名前とともに、その勤務先の高校は知れ渡っていた。私立東遠高校。俺はその校門前で張り込み、何人かの生徒に聞き込みをするだけで難なく被害者生徒の名前を入手することができた。はじめからこの方法を思いついていたら、中村になんぞ連絡しなかったのにと悔やまれたほどだ。

なだらかな坂道を上るうち、ミーナにどう向き合い、何を問えばいいのかを考えたが、彼女に何ら精神的負荷をもたらすことなく聞きたいことを聞き出すのは不可能に思えた。無茶はせず、無収穫も覚悟しておくしかあるまい。

「ここらで停めてください」

浜松市博物館の前で料金を払ってタクシーを降りた。今のところ、尾行の気配はない。篠束組の連中は俺が〈舘山寺アコーホテル〉に泊まっていることを知らないようだ。

タクシーが走り去ると、俺は坂を上り始めた。この坂の上に、安達邸があるはずだった。高級街区というのは、どこの街でも似たような顔つきをしている。雲の上を漂うような雰囲気とでも言えばいいのか。雲の下にある現実なんて想像もしていないような光景がそこかしこにある。

芝刈り機で芝を刈る老人、ベランダでバーベキューを楽しむ人々、ゴルフのフルスイングをする素振りの音。どこかの家から聞こえてくるバイオリンの音色。そのすべてが、ここが雲上《うんじょう》の楽園であることを告げている。わたしたちにそれ以外の現実はよくわかりません。そう言っている。

やがて、安達という表札のある、白い塀で覆われた屋敷の前に辿り着いた。やけに高い塀のせいで、邸宅はてっぺんしか見えていない。そのわずかに覗いている部分をみる限り、それなりに凝った作りの家のようだが、それを外部から見ることは許されていない。閉鎖的な家主のようだ。

脇に置いてある車に見覚えがある気がしたが、似た車なら世の中にごまんとある。車種まで記憶できるほど車に興味があるわけではないので、車の色や輪郭だけ横目で捉えつつ、これ違法駐車じゃないのか、などと考えつつ、インターホンを押そうとした。

とつぜん、ゲートが開いて、中から何者かがやって来る。

現れたのは——蘭都だった。グレーのシャツに白のパンツという格好で、中に何種類ものアロマの小壜が収まっているであろう仕事用の鞄を脇に抱えていた。

「なんでおまえが出てくるんだよ？」

「ん？　僕の客の家だからね」

なんてことはなさそうに蘭都は答えた。それから俺のほうをじっと見つめた。

「君こそなんでここにいる？」

「高校の前で聞き込みしたらすぐわかったよ」

「また、探偵の真似事を……。それで、君はここへ来て何をする気でいるんだ？　まさか彼女に無神経な質問をぶつける気じゃないだろうね？」

「そこまでデリカシーのない人間じゃない。だが、くだんの教師と彼女の間に本当は何があったのか、正確なところが知りたいんだ」

「なぜあの事件にこだわる？」

「石溝光代の息子なんだ。加害者が」

「……そういうことか」

蘭都は溜息をついた。それから、背後を振り返り、指で俺に回れ右を促した。

「おまえ、俺をリモコンで動かせるとか思ってるのか？」

「いいからちょっと話そう」

「家から追い出した家主がか？」

「ソファ主と呼んでくれ。そこの角を曲がったところに〈クルック〉って店がある。サイフォン式で珈琲を淹れてくれる」

「そこでおまえとデートをしろと？」

「手を握れとまでは言ってない」

「お義理のデートか。まあいいさ。付き合ってやろう。おまえに事前に聞いたほうが無駄も省けるからな」

俺は表に停めてあった蘭都の車の助手席に乗り込んだ。どうりで見たことのある車なわけだ。

「で？　なんでネロリがここにいるんだよ？」

ネロリはダッシュボードのところにハマりこんでぼんやりした顔をしていた。

「孤独に耐えられないらしい」

「そんなイグアナ聞いたことないぜ？　イグアナが耐えられないのは暑さだけじゃないのかよ？」

「君がここのところずっと家にいたからね。君のせいだよ」

「なんてこった。俺は恋人認定されたのか？　爬虫類苦手なこの俺が」

「ふふ、まあそんなところかもね。ほら、喜んで舌を出してる」

「勘弁してくれ」

ネロリはさっさと俺の膝にやってきた。コイツにこんなに懐かれるいわれはない。ふだん家で寝そべっているときはこっちを置物くらいに思っているくせに、何なんだこの構いようは。

車は静かに走り出し、そのまま静かにカフェの前に移動した。まるでカウンターで手練《てだ》れのバーテンダーがグラスをスライドさせたみたいに、じつにスムーズな到着だった。

カフェでは、大音量の音楽がかかっていた。ウィリー・クルックをかける店があるとは驚きだった。どうやらそれが店名が〈クルック〉である由来らしい。渋い低音ヴォイスとサックスの音にしびれながら、俺はアイリッシュ珈琲を頼んだ。昼間から気分的に許されるアルコール摂取といえばこれに限る。蘭都はカモミールティーを注文した。ネロリは、足元で小松菜をゆっくりむしゃむしゃと食べながら時折店内のほかの客を観察していた。

「で？　何だよ？　安達ミーナについての情報か？」

「ああ、まあそんなところだね。君はどこまで知ってる？」

「五日前の放課後、石溝光輝は三日間風邪で休んでいた安達ミーナを補講と称して連れ出し、自宅に監禁した。数時間後、通報を受けた警察が逮捕。現在も石溝光輝は留置所にいる。次の法廷で刑が確定するだろう」

「よく調べたじゃないか。だが、君の知らない情報もある。たとえば、テレビでも新聞でも、誰が通報したかは報じていない。本人が通報したり、近隣の人間が通報したのならそういうふうに載るはずだが、どこにもその情報がない」

「通報者が名乗り出てないってことか。まあでも、監禁シーンを目撃したものの、警察に根掘り葉掘り聞かれるのがいやで通報だけして出頭しない人もいるんじゃないか？」

「んん、そうかも知れないけどね……」

「ほかにおかしな点があるのか？」

「そうだな。安達ミーナの部屋がおかしいんだ」

「なんだ、壁が天井になってるのか？」

「……それ笑えないな。違う、そうじゃなくて、小物やアクセサリーが異様に高価なんだよ」

「金持ちの娘なんだからそりゃそうだろ。あんな高級街区に住んでんだぞ？」

俺は蘭都が何を気にしているのかがわからなかった。たしかに安達ミーナが光輝をハメるような娘だったほうが何かと都合がいいとは思っていた。だが、無理やりそこに当てはめたって仕方ない。

「違うんだよ」

「何が違うんだよ？」

「あげてないんだ、小遣い」

「あ？」

「彼女の両親、通学費以外はやってないんだってさ」

「誰の情報だ？」

「施術受けながらうっかり彼女がもらしたんだ。親がケチで小遣いは通学費以外くれないから、こんな治療呼ぶくらいならその分お金ほしいってさ」

「じゃあ彼氏からのプレゼントじゃないのか？」

「彼氏はいない」

「なんでおまえにわかるんだよ？」

「勝手にぺらぺら喋るんだよ。さっきも言ったようにおしゃべりなんだ、彼女は」

「つまり、なんだ、親に小遣いももらわず、彼氏もいないのに、なぜか高価なアクセサリーを持っているんだな？　そいつはたしかに匂うな。親の出してる交通費が異様に高額ってことはないか？　よくいるだろ。これでパンを買いなさいって言いながら万札渡す馬鹿親が」

「いや、それはない。ゲーセンでプリクラ撮るのに友達に小銭を借りたくらい、と言っていた」

「具体的だな。じゃあ彼女に小遣いを与えた奴がべつにいるわけだ。そいつが、金と引き換えに石溝光輝に監禁されたと訴えさせたということは考えられないか？」

「もちろん可能性はあるだろう。というか、君だってそう思ったからここに来たんだろ？」

「確証はないよ。ただ、光代の肖像画を探したがる連中が湧いたのと時期を同じくして光輝が逮捕されてる。そこに何らかの関わりがあったんじゃないか、と考えるのはそう不自然なことじゃないだろ？」

「たしかにね。で、どうする？」

「安達ミーナに直接尋ねればいい。すぐにでも吐くだろ」

「やめとけよ。あの両親が君をミーナさんに会わせるわけがない。とくにあんな事件があった後だ。僕はともかく、ほかの人間には会わせたくないというのが両親の本音だろう」

「じゃあおまえに付き添って入ればいい」

「施術はさっき終わったよ」

「戻れよ。忘れ物したとか何とか、いろいろ言えるだろ」

「不自然なことはしたくないんだ」

俺はケッと笑ってアイリッシュ珈琲を飲んだ。生クリームが意外と固くて、クリームを口に溶かしたいのに珈琲のほうばかり口に入ってきた。だが、味は悪くない。

店内では、相変わらず大音量で音楽が流れている。

「焦ることないさ。それより、僕がここにいま君を連れてきたわけを言ってもいいかな？」

「何だよ？」

「顔を動かさずに、右の窓の外を見てみなよ」

言われるままにそうすると、窓の外にダークスーツを着た男たちが二名、紫スーツの金髪頭が一名、ふらふらしながら煙草を吸っているのが見えた。あれは煙草なのか、マリファナなのか。

「いまどきあそこまでこてこてにヤクザっぽいのは天然記念物だろ」

「たしかに最近はああいうのは減ってるね。っていうか、ヤクザの人口自体が激減してるからね。もっと悪いことやって羽振りもよく数も増えていて、遵法《じゅんぽう》精神の欠片もない半グレの連中のほうが、規制はゆるいし、社会的身分も守られてる。そりゃあヤクザをやる奴が減るのも道理さ」

「ふうん。せちがらいね。で、あいつらいつからここへ？」

「安達邸の前で張ってた。たぶん、僕を尾けていればそのうち君と接触できると思ってるんだ。そうして、案の定君が現れた。店を出たとたんに、奴らは君を捕まえるだろう。これ持って先に車に行っといて」

蘭都は俺に車のキーを差し出す。

「馬鹿か。出たら俺が捕まるだろうが」

「表から出ろとは言ってないよ。僕がゆっくり支払いを済ませるから、その間にトイレから外に出て。駐車場は裏手だから、たぶんドアを見張っているあいだは君に気づかない」

「で？」

「僕は堂々と表から出て、車に乗る。もし奴らが話しかけてきたら、君はトイレを済ませてから出てくると告げて車に乗る。乗ったら、即発進」

こういう時のコイツは妙に肝が据わっている。俺は頷くとまっすぐトイレに向かった。

トイレの窓はやけに小さい。便器の上に足をかけて、どうにかこうにか窓の外に顔を出す。半身を外に出したところで上部の縁につかまりながら足を窓にかけた。これであとは跳ぶだけだが、足音を立てないように靴を脱ぐことにした。まだ昼の熱気を吸い込んでいるアスファルトに着地すると、そのまま這うようにして移動した。本当にイグアナになってしまったような気分だった。ネロリの奴はいつもこんなふうに世界を見ているのだ。何事も経験してみないとわからない世界というのはある。

「おい、まだか」

表のほうで男の一人が話しているのが聞こえる。

「会計してる……そろそろじゃないっすか？」

「もう一人は？」

「トイレでしょう」

そうそう、正確にはトイレの裏側な。俺は慎重に車に近づいた。

だが、問題が一つ。

車の解錠音が、目立ちすぎた。

這いつくばっている俺と、男たちの目がばっちり合ってしまった。運命の出会いというやつだ。

「おい！　待てこらぁ！」

待てと言われて待つイグアナは利口なイグアナだ。俺はあいにくそうではない。運転席のドアを開けると、サイドブレーキを戻し、アクセルをぎゅっと踏み込んだ。これくらいの運転基礎知識はある。進めはアクセル、止まれはアクセルじゃないほうを踏めば何とかなるだろう。

だが踏み込みすぎたのか、車は俺の予想とはまったく違った速度で走りだし、車は殺人鬼となって男たちに飛びかかった。さっきまで啖呵を切っていた奴らの目をむいた焦り顔が笑えたが、しょうじき笑っている場合でもなかった。

表通りに出ると左にハンドルを切って直進した。ミラーを見たら、急発進にも拘らず、トランクフードに男の一人が乗っかっている。これでもうちょっといい食事をしていればそこそこ見られる顔だが、いかんせん不健康と無精髭が勝っている。髪も剃ったほうがいい、いやそんなことはどうだっていい。これはどうしたらいいんだ？　適当にハンドル左右に振ったら落ちてくれるのか？　でもそれ殺人にならないか？

余計な心配をしている場合でもない。景色はぐんぐん変わっていく。道はまっすぐだからいいが、この道を進んでいるうちに俺のスキルが上がるわけでもない。運転免許がないんだから。仕方なく、俺は俺自身に免許を与えることにした。おまえは今日だけゴールドだ。マリオカートなら優勝したことがあるだろ？

　左手に川の土手が見えてきたところで、妙案を思いついた。右にハンドルを切りつつ急ブレーキをかけて止まり、相手を振りきるのだ。よくアクション映画で主人公がやったりやられたりするやつ。勝率は不明。そもそもブレーキを踏んだら車が停まってくれるのかもよくわかっていない。だが、考えている暇はない。俺は勢いよく右にハンドルを切り、急ブレーキを踏んだ。生まれて初めて踏み込んだブレーキペダルの感触は、思いのほか重くどっしりとしていた。想像以上の衝撃に、俺の身体は前のめりになった。

　ドボン、という水の音が後方から聞こえた。ミラーを見ると、トランクフードには男の姿はない。どうやら男は川に落下したようだ。まああの程度の川で溺れ死ぬことはあるまい。

　俺は慣れないハンドル操作で車の向きを変えると、もと来た道をまた猛スピードで駆《はし》った。一台の車とすれ違う。運転席には、さっきの金髪頭の紫スーツ。当然のように俺に気づき、ブレーキをかけUターンを試みているが、その前にやることがあるだろう、川を見ろ川を。

　まあ奴らは奴らでがんばればいいが、俺はこれからどうしたらいいんだ？　とにかく店の前に戻るしかないか。一切速度を緩めぬまま もとのカフェの前に戻った。どれくらいの感覚でペダルを踏めば速度が緩くなるのかがわからなかったのだが、結果的には蘭都たちを早く迎えることができた。

カフェの前に待っていた蘭都がネロリと一緒に助手席に乗り込んできた。

「なんで僕を待たないんだ？　せっかちだなぁ」

「うるせえ、早く替われ！　解錠音がでかすぎるんだよこの車！」

俺はネロリを抱きながら後部座席に移り、蘭都も仕方なさそうに運転席に移った。

「傷つけなかっただろうね？」

「知るか。一人川に落とした以外は無事だと思うけどな」

「川に？」

蘭都は笑い出した。だが、その時、背後からレース会場でしか聴かないような轟音が聞こえてきた。見れば例の男たちだ。助手席には、ずぶ濡れの無精髭もいる。

「しっかりつかまっててくれ」

蘭都がアクセルを強く踏み込むと、車は傍若無人な速度で飛び出した。俺はシートに体をぶつけたが、さっきの死に物狂いの瞬間より、よほど安心感があった。持つべきものは運転免許のある相棒ってやつだ。相棒？　まあいい。

リアウインドウから外を見ると、黒のベンツはきっちりと後をついてくる。川に落とされた恨みは、落とされた川よりも深い。

「どうする？　この先はさっき来た住宅街だぜ？　道も細くなる」

「好都合だ」

どういう意味かわからずにいるうちに高級住宅街が見えてきた。人を轢くのだけは勘弁してくれ、と思っていると、突然蘭都は右にハンドルを切り、とりわけ大きな大邸宅に入り込んだ。

「おい！　どうする気だ！　ここ人ん家だぞ！」

「いいんだよ」

「何がいいんだ？」

蘭都はそれには答えずに大邸宅の脇にある車庫に勝手に車を入れた。ミラー越しに、黒のベンツが屋敷の前を通過するのが見えた。

「撒《ま》けたのか……でもここまずくないのか」

「大丈夫だよ。親父の家だ」

蘭都に言われて車を降りると、アルマーニのスーツに身を包んだいかつい男が立っていた。正体がわからぬものの、とりあえず頭を下げておいた。

「お帰りなさいませ、若様。ご無沙汰しております」

シルクの赤いシャツと、頬に入った深い切り傷、手の甲あたりにまで見えている刺青《いれずみ》。なるほど、本当にここは小吹組組長のお屋敷らしい。俺のほうは見向きもしない。蘭都は男の腕を気安くポンと叩いた。

「島田《しまだ》、元気？　ちょっと胃がわるそうだね。ストレス性かな？　今度施術においで」

なぜか島田という男は頬を赤くして顔を綻ばせた。

「そ、そんな、若様に施術していただくわけには……！」

「関係ないでしょ、客なんだから。それより、食生活ちゃんと気を付けて」

それから、蘭都は車にまた乗り込んだ。

「また今度ゆっくり帰るから。親父にはそう言っといて」

「え、少し上がって行ってくださいよ、組長ががっかりなさいます」

「じゃあ来たのは内緒にしといて」

島田という男は、恨めしげに俺に目をやる。俺は何となく頭を下げて助手席に乗り込んだ。車はゆっくりと発進する。

「何はともあれ、危機は去ったと考えていいんじゃないかな」

優雅にハンドルを回しながら、ヤクザの御曹司《おんぞうし》は嬉しげにそう言った。

「まあな。だがおまえはこれで危うくなった」

「大丈夫だよ。期限までに君を用意しておけば文句は言われないはずだ」

「もし言われたら？」

「さあ？　危ないかもね。僕も、奴らも。篠束組はかつては親父の組と同等の勢力を誇っていたが、暴排条例以降はどんどん規模も縮小したと聞いている。彼らが君の絵にあんな必死の形相で食いついているのも、もしかしたら、かつてのシノギを失って喘いでいるっていうのも関係あったりしてね」

　やれやれ。俺はまったく余計な心配をしていたかもしれない。

「まあ何にせよ、お手柔らかに頼むぜ？」

「それを決めるのは、残念ながら僕じゃないんだ」

　だろうな。蘭都はカーブを曲がった。ネロリもひと段落したと踏んだのか、俺のほうに飛びついてくると、俺の顔をまじまじと見てから、ペロリと頬を舐めた。これはどうやら真剣交際を申し込まれている気配だ。

第五章

1

「どこで降ろす?」

「わるいんだが、湖西市のほうへ飛ばしてくれないか」

「遠いな。まあいいか。少し運転しながら頭の中を整理しよう」

蘭都はそう言いながら深呼吸した。こいつなりにさっきは緊張していたのだろう。尾行者のいる生活なんて普通はないからな。

「もしも安達ミーナが本当は監禁されていないのだとしたら、彼女は何者かに冤罪のでっち上げを頼まれたのかも、と君は疑っている。だが、その人間は何のためにそんなことをしたんだろうね?」

「それだよ。事件は石溝光代の亡くなった二日後に起こった。だから光輝は葬儀に参列できなかったんだ。つまり、光代が死んだことで、初めてこの計画は始まったんじゃないか？」

「だから、なぜ石溝光代が死ぬと、光輝さんを逮捕させようって考えになるの？」

「絵だよ。光輝を留置所に入れて、俺の描いた肖像画をその間に奪うことが目的だったんじゃねえのかな。あ、そこ右な」

蘭都は聞かずにハンドルをキープした。

「いや、姫街道《ひめかいどう》を直進するのが最適解だろ」

姫街道という言葉自体、聞くのは久しぶりだった。ここら一帯はその昔、徳川吉宗《よしむね》公の母浄円院《じょうえんいん》や尾張《おわり》徳川家の姫君などが通ったことから、姫街道と呼ばれるようになったと聞くが、これには異説があって、もともと本坂通《ほんざかどおり》と呼ばれていた道がひなびた結果「ひねた街道」と呼ばれるようになって、「姫街道」に変化したとも言われる。ひねた画家としては、こっちの説を推したいところではある。

「しかしわからないなぁ……」

「何が？」

「なんで光輝さんに直接言わないんだ？　彼だって、ほんの少し金を積まれれば、あんな絵手放すだろうに」

「……あんな絵はねえだろ。見てもないのに」

「あ、ごめん。でも有名画家が描いたわけじゃないからさ」

「それも余計だよ」

浜名湖をぐるりと回っていく。ボートレースが開かれる時期にはこの辺りは混雑するが、いまはもう陽も暮れかけているから、さほど人の気配はない。

それにしても、二十四時間前に訪れた場所をふたたび訪れることになるとは思わなかった。

「まあ、言われてみると、それもそうだな。なんで光輝を介したくなかったんだろう？わざわざ逮捕させてから探すってのも、大げさな話だよな……」

大げさだ。笑っちまうほど大げさなことが、しかし実際に起こっているのだ。それは、さっきの尾行者たちの存在を見れば、明らかなことだ。

2

時刻は間もなく五時半を回ろうとしていた。瀬莉愛の言っていた夕食の時間まではまだ間がある。

石溝邸の近くにあるコインパーキングに駐車してから、俺は本題に入った。

「で、なぜこんなところまで送らせたか、気になるだろ？」

「いや、ならない。帰る。明日の仕事の支度もあるからね」

「まあそう言うな。気になるはずだ」

「……なんで送らせたんだ？」

「ついてこいよ」

蘭都は納得いかないようだったが、結局はついてきた。石溝邸の近くもなかなかの豪邸が揃っている。家の多くはすでに室内に灯がともっており、早くもカーテンを閉めているところも多かった。

その中でもひときわ存在を主張している屋敷が現れた。その存在感は、女優としての石溝光代の存在感そのものとも言える。

「石溝邸に潜入する」

「……え、潜入？」

「どうせいまは誰もいないんだ。合法だろうが不法だろうが誰も通報なんかしやしない」

「隣人が通報するかも」

「大丈夫だよ」

「なんで？」

「となりの空き家の屋根から行くから」

空き家の横には神社があるだけだ。今日の昼間に来た時に確認しておいたから間違いない。その壁面から屋根に上り、となりの屋根に移る。屋根と屋根の間には一メートル程度の隙間があるが、飛べない距離ではないだろう。近隣の家屋はいずれも石溝邸より低いから、屋根の上の移動がこの時間に目撃される可能性はほぼない。

「免許もないのに運転してみたり屋根に上ったり……君はスタントマンか何かか？」

「何事もやってやれないことはないさ」

「画家から不法スタントマンに転向か。仕事は選んだほうがいいよ。まあいいや。僕は遠慮するよ。高所恐怖症だ」

よく考えてみれば俺も高所恐怖症だったが、そんな自分のタチも忘れてしまえばどうにかなるかもしれない。

「じゃあ、何かあったら連絡してくれよ」

「いいよ」

俺は柵をのぼり、そのてっぺんで仁王立ちした。そのままジャンプすれば屋根に手が伸ばせそうだった。だが、やってみるとこれは思いのほかアクションスター並みの恐ろしい行為だった。

腕の力一本でどうにか屋根に上がる。

空が近い。なんで俺はこんな真夏に屋根に上ったりしているんだ？　ここでビールでも開けたらうまそうだったが、あいにく手元にない。

屋根を走り抜け、石溝邸の屋根に移るとき、ジャンプしかけて躊躇《ためら》った。存外高い。高さがあると、地上では大した間隔と思わない一メートルを飛べる自信が急速に失われていく。くわえて、ここに至って高所恐怖症の感覚が足を拘束しはじめた。

息を吸い込んで空を見上げた。忘れろ。よけいな感覚はぜんぶ嘘だ。

夕日が、俺を溶かそうとしていた。その温度に溶かされる前に、俺は助走をつけて飛んだ。二メートル近く飛んだから着地は余裕だったが、屋根の傾斜を計算に入れておらず危うくバランスを崩して落ちそうになった。どうにか際《きわ》のところで踏ん張り、それから屋根伝いに二階のベランダに降り立った。

鍵がかかっていることは予想していた。解錠のテクニックがあるわけではないが、エアコンの室外機の配管を外して手を突っ込めば、窓の鍵を内側から開けられるかも知れない。エアコン設置用の穴が出窓にかなり近いのだ。

だが、実際にはそんな計算は無用だった。二階の窓はすでに何者かによって割られていたのだ。

俺はそのウェルカムなギザギザの窓から恐る恐る室内に潜入した。当たり前だが、窓ガラスは外側から内側に向けて割られたようだった。つまり、俺よりも前に何者かがここへ侵入していたことになる。初夏なのに室内に虫がいないから、侵入は昨日今日のことなのだろう。

中は光輝の部屋なのか、教科書や参考書の類が散らばっていた。光輝という男は根っからの堅物らしい。娯楽の一つもなく、教師としての職務のための勉強に日夜励んでいたのだろう。室内が荒れているのはもともとなのか、それとも荒らされたのか。

光輝の部屋を出て、となりの和室へ入ったところで、荒らされたのだという確信を得た。簞笥《たんす》のいくつかが開けっぱなしになっており、ドレスや着物が無造作に引っ張り出されていたからだ。ここは光代の衣装部屋のようだ。泥棒が入ったのか？　だが、衣桁《いこう》に掛けてあるいちばん高そうな着物にも手をつけていないところを見ると、簞笥を漁った人物は高級衣類目当てだったわけではなさそうだ。

映画のポスターが一枚壁に貼ってあるのが目に入った。光代の出世作『三姉妹』だ。この映画で彼女は長女を演じた。映画自体はヒットしたが、賞は次女役と三女役の女優がそれぞれ分け合い、光代のことは数名の映画評論家が褒めた程度だったという話だ。しかし、光代にとってはやはり重要な映画だったのだろう。

　二階にはほかに三部屋あったが、どれも同じような荒れ模様だった。荒らした者は衣類だろうと書類だろうと関係なく手あたり次第に荒らしているが、盗まれてもおかしくないような高級品には手がつけられておらず、物が壊されたりもしていなかった。侵入者の目的は、それ以外のところにあったということだろう。

　一階も荒らされ具合は似たり寄ったりだった。俺は荒れ果てたリビングを散策しながら考えた。やったのは誰だ？　篠束組か？

「……そこまでしてあんな絵探してんのか？」

　あんな絵って言うな。俺が俺の絵に冷たくしてどうする。思い出すのは、さっきの蘭都の話だ。近年、規模を縮小し続けてきた篠束組。最近じゃヤクザはどこもかしこもみかじめ料がろくに取れないという噂だ。新たなシノギがなければ、最後には薬物の密売に手を出すしかないが、あいにく薬物の単価は近年かなり下がっている。あとはウナギの密漁でもするよりほかかない。

　今回の案件に何らかの大金が絡んでいれば、篠束組にとって久々の荒稼ぎということになる。それなら、あれほど躍起《やっき》になるのもわからないではない。

突然、電話が鳴った。画面をみると、〈澤本亮平〉とある。

「もしもし?」

「私だ。じつは依頼の件なんだが」

「いま探してますよ。だが、どうもこいつは……」

「その件だが、もう探さなくていい。代わりに、あれと同じ絵を描いてくれないか」

「……無茶苦茶言いますね。十代の頃の俺が描いた絵なんぞ、もう覚えちゃいませんよ。それに、被写体はすでに死んでる」

「まったく同じじゃなくていいんだ」

「どういうことですか?」

話がまったく読めなかった。

「そのまんまの意味だよ。君の絵なら、どんなものでもいい。そこに描かれたモチーフが、石溝光代であるなら、もうそれだけで私が高額で引き取ろう」

光代の死後に俺が想像で描いた絵を肖像画だと名付けることが果たしてできるだろうか?

「それは肖像画じゃなくてイマジネーションで描いたものになっちまいますね。俺は嘘はつけないですよ」

「嘘じゃないさ。私は君の描いた石溝光代に金を払いたいんだ。これなら、問題ないだろう？」

問題がないのかどうか難しい判断だった。

そもそも、なぜ急にあの絵に対して執着しなくなったのか。もともと今の俺が描いた絵でよかったのなら、そう言えばよかったはずだ。

要するに亮平にとって、あの絵を追う理由がなくなったということか。何故だ？　簡単に思いつくのは、亮平がすでにあの絵を手に入れてしまったという可能性だろう。だが、そうだとしたら、わざわざ俺に想像でもう一度肖像画を描けなんて無理難題を言う必要はないはずだ。

「わかりました。ただし、制作代は別料金ですからね？　今日までの調査費は調査費でもらいますから」

「私はそういったことでケチは言わない男だ」

「そう願いたいですね。金持ちが金でケチったら取り柄ゼロだもんな」

「息子はどうしてこんな口の悪い奴に絵を習おうとしたのか、わからんな」

「その口の悪い奴に絵を描けと言ってるのはあんたですからね。そのへんお忘れなく」

電話を切るとどっと疲れた。何だってんだまったく。こっちは窓から潜入までしてるっていうのに。

俺はむしゃくしゃした気持ちを、しかし結局はどこにもぶつけることなく、元来たルートで外に出た。空は、さっきよりさらに真っ赤に染まっていた。

3

蘭都に電話をかけると、すぐに奴の車が家の前に現れた。屋根から庭に飛び降り、そこから蘭都の車に飛び乗る。

「どうだい、忍者になった気分は」

「久々に運動したせいか身体じゅう痛い」

「まあせいぜいホテルで自分を労《ねぎら》いなよ。それで、収穫は？」

「ゼロだ。すでにここは荒らされた後だった」

「先客がいたわけ？」

「さもなきゃ、住んでいた人間が相当だらしないんだろう」

もちろん、住んでいた人間がわざわざ窓を割って侵入するわけはない。

「それから一つ奇妙な進展が。澤本の父親が電話してきて、依頼を取り下げた」

「絵を探さなくていいってこと？」

「らしい。それだけじゃなくて、俺が描いた肖像画がどうしてもほしいんだとさ。で、石溝光代の絵を新たに描いたら買い取るというんだ」

「よかったじゃないか。画家らしい仕事ができて」

「ちっともよかねえよ。あの澤本の父親のために絵を描くんだぞ？　まったく反吐《へど》が出そうだよ」

「しかし何だか妙だね」

「だろ？」

「絵を手に入れたい目的が明らかにすり替えられた気がする。ゲームの趣旨が変わった。昔の石溝光代の絵がほしかったはずなのに、君が描いた光代なら何でもいいっていうのは、何か誤魔化しているからこそ出てくる提案なんじゃないだろうか」

「すでに亮平が絵を入手していて、その事実を誤魔化そうとしている、とも考えられるな」

「だとしたら、余計にその元の絵にどんな価値があったのか気になるよ。きっと僕らが気づいていないような大きな理由があるんだろうね」

「ふむ……」

「それを探るには、絵の来歴を調べてみるしかないだろうなぁ」

「来歴？」

「そう。一枚の絵が、どのような運命を辿ってきたのか。それは作者も知らないような運命だったりするはずだ」

あの絵は自分の手を離れた後でどんな価値をもつに至ったのか？

石溝光代亡きいま、それを調べることができるだろうか？

記憶の中に、一人の男が浮かぶ。

ドアの近くで煙草を吸っていた。煙草の銘柄は、たしかピースだったか。そう、俺が絵を描いた時、その男がずっと部屋にいた。

マネージャーだろうと思っていたが――。

「あの男、何者だったんだ……？」

考えてみれば、光代がこの土地に移ってからは、鈴木がずっとマネージャーをやっている。ずっとじゃないのか？　途中でべつの担当がついた時もあったんだろうか。

あの時の男なら、絵を描く現場にいたわけだし、その後で光代がそれをどうしたのか知っているのでは？

「何か、心当たりがあるみたいだね」

「まあな」

　俺はその場でスマホを取り出してすぐに電話をかけた。

　かけたのは〈オフィス鈴木〉だった。鈴木を呼び出すと、思いのほか一瞬でつながった。

　昼間えんえん待たされたのは幻か。

「ああ昼間はどうも。絵は見つかりましたか？」

「いえ、そのことではなくて。じつは一つ教えてほしいことがあるんです。あなたは昨年まで光代さんのマネージャーを兼任されていましたよね。で、その、たとえばの話、ずっとそうだったんでしょうか？　途中でべつの誰かがマネージャーを担当された、とか」

「いや、そういったことはありませんでしたね。ずっと私です」

　だが、俺の脳内にいる男は、どう考えても鈴木ではない。

「十二年前はどうですか？」

「十二年前、ですか……ああ、はっきり時期は覚えていませんが、一度だけ彼女とギャラで揉めたことがあるんです。それで、半年ほどの間、いったんマネジメント契約を解除していた時期がありましたね。その期間は、彼女はどこにも属さず一人で活動していたんですよ」

「そんな馬鹿な……」

一人で活動していた人間にマネージャーがいたことになる。

「いや、本当ですよ。記録もあります。ちょっと待ってくださいね……ああ、あったあった……うちとの再契約は、九年前の三月からです。つまり、十二年前の夏頃はちょうど未契約の時期ですね」

「彼女が勝手にべつの事務所と契約していたってことはないんでしょうか？」

「ないでしょうね。そんなことがあれば、再契約の時に揉めたはずですから」

何かが俺のなかで崩れ去った。それまでの大前提となっている何かが。

「そうですか……わかりました。ありがとうございます」

電話を切った後も、納得がいかなかった。

「どうしたの？　大丈夫？」

蘭都が心配そうに言うのにも対応できないほど俺は困惑していた。もちろんネロリが舌で俺の掌を舐めるのにも反応できなかった。

脳裏に浮かんでいたのは、十二年前の楽屋の光景だった。流れていたラジオは、たしか静岡放送の「すっとんしずおか昔話」。

そして――そう、ドアの近くに立って扇子《せんす》で扇いでいた男がいた。

　父がノックをすると、そいつはドアを開け、事情を聞いて軽く頷きながら俺たちを中へ通してくれたのだった。

　あの時、俺は何も考えずにその男をマネージャーだと思い込んだ。

　だが――そうではなかったのか？

「……蘭都、わるいけど、一人で帰ってくれるか？　野暮用を思い出した」

　蘭都はしばらく黙っていた。が、やがて理解を示すように頷いた。

「とにかく無事を祈るよ。ネロリも心配してる」

　ネロリは相変わらず上目遣いで俺を見ている。爬虫類がこんなに愛情示してどうする。冷たさが売りだろうに。

「モテる男はつらいな」

　俺が助手席から降りると、蘭都は軽く手を振ってから車を走らせた。踵を返し、俺は電話をかけながら歩き出した。

　本当はこの男に連絡なんか取りたくなかった。

　あいつが我が家に留まりさえしていれば、今も家族という形は維持されていただろう。それが幸せだったかといえば、そうでもないかな、という気もする。ただ、俺は基本的に、起こってしまったことを、あれでよかったんだよ、なんて全肯定で済ませるのが嫌いなのだ。

過去は否定しようが肯定しようがついて回る。ひとつひとつ、その意味をねちっこく問い続けていくしかない。

4

「おお、蒼か。どうした、元気か？」

電話口に出た父の声は、以前よりわずかに嗄れたような気がする。昔から咳払いの多い人だったから、前より声帯が傷んでいるのだろう。

「元気じゃないと言ったら、どうにかしてくれるのか？」

「そう尖るな。いつ以来だ？」

「成人式の祝いの電話が最後かな。まあ、顔は合わせてないけども」

「すると、五年くらい、か？」

「七年だよ。息子の歳も忘れたのか」

「冗談だ」

たぶん冗談ではないだろう。父にはすでにべつの家庭があって子どももいる。そっちの現実で忙しければ、俺の年齢なんて忘れてしまったとしても不思議ではない。

「聞きたいことがあるんだ」

早めに本題に入って、さっさと電話を切ってしまうに越したことはないだろう。この数年で取り立てて報告できる何かがあったわけでもないのだ。親子ごっこを今さらやりたいなんて思っていない。

「何だ?」

「昔、石溝光代の舞台に連れてってくれたの、覚えてるか?」

「行ったな。舘山寺だったか」

「そう。その後に楽屋に行ったときのことなんだが」

「懐かしいな。それがどうした?」

「あの時、楽屋に男の人がいたと思うんだが」

「……ああ、いたな」

「その人って、どんな人だったかわかる? どうもその頃、彼女はマネージャーを雇っていなかったって噂なんだが」

「マネージャーじゃない」

父は断言した。ということは、男の正体を知っていることだろう。

「そうか、光代さんはこないだ亡くなったんだったな。それで、なんでおまえが光代さんのことなんか調べてるんだ？」

「今は話せない。とにかく知りたい」

俺は暗黙のうちに「父親らしいことを何もしてないんだから、これくらい教えろ」というニュアンスを込めたつもりだった。そして、そのニュアンスを父は受け取った。

「おまえ、いまどこにいるんだ？」

「湖西市」

「すぐ横、名古屋だぞ、気づいてたか？」

「いや、知らなかったね。地理に疎《うと》いもんで」

「疎すぎだ。何年浜松にいたんだ」

「さあね。十代の終わりから最近まではずっと東京だからな」

「だが鳴かず飛ばずで帰ってきた。そういう噂を聞いたぞ」

俺は黙っていたが、父が情報源を明かす気配はなかった。

「今は静岡市にいる。会いに来るか？」

静岡県というのは何とも奇妙で大きい。西と東で別文化のようなところがあるのには、こうした地理の事情もある。湖西市が静岡県の西の端なら、静岡市は東の端だ。移動だけでも最速で一時間はかかる。

「……なんで静岡にいるんだ？」

「出張さ。明日の夕方までいる。電話でするような話でもないし、よかったら会いに来いよ」

「簡単に言ってくれるな」

「それだけの手土産は持たせる」

しばらく考えた。父が何を知っているにせよ、それを知らずに済ませられるほど俺は余裕があるわけではない。

「わかった。今から行く。一時間後に静岡駅の前で会おう」

「そう来なくっちゃな。竹千代君像《たけちよぎみ》の前にいる」

父は上機嫌で電話を切った。一体、あの男に何を期待していたのか、自分を疑いたくなった。

電話を切ってすぐに、〈舘山寺アコーホテル〉に電話をかけた。

「はい、〈舘山寺アコーホテル〉でございます」

「あ、ええと、宿泊している濱松蒼という者だけど」

「……ああ、はい、瀬莉愛です。何か？」

役所の待合室の椅子みたいにそっけない声だった。

「今日の夕食、やっぱり間に合いそうにない」

「そう。それは残念ね、今夜は鯉こくだったのに」

「そう聞くと勿体《もったい》ない気がしてきた。でも用事が入ったんだ」

「なら仕方ないかな。ごゆっくり。ホテルのほうは二十四時間開いているから。フロントの前を通ったら呼び鈴を鳴らして。鍵を渡すから」

「了解。なあ、本当に教えてくれないのか？　俺が何を言ったのか……」

電話はすでに切れていた。

俺はタクシーを拾って鷲津《わしづ》駅へ向かった。ここから静岡駅までといったら、けっこうな距離だ。鷲津まで出て東海道本線で浜松に行き、そこから新幹線で移動するのが早い。だいたい一時間か。これも調査費に含めて大丈夫か、なんてことが脳裏をよぎる。まあ医者なんだからそれくらいは出してもらわないとな。

いや、待てよ。亮平は、俺が似た絵を描きさえしてくれればいいと言い出している。すでに絵の行方はどうでもいいとなると、この調査費は出ないのか。まあいい。絵を完成させて、その料金に調査費を上乗せすれば問題ないか。

俺は、新幹線の車内で絵を描いた。不思議なものだ。脳裏にあの楽屋が細部まで浮かんでいるというわけではないが、いざスケッチブックと向き合うと、あの時どのような順序で絵を描いたのか、手が覚えていることに驚かされる。手は俺よりも多くの情報を蓄えていた。

はじめに筆が楽屋の椅子の質感を描きだした時には、衝撃が走った。今の今まで、その椅子が安物のパイプ椅子だったことや、その一部にガムテープが巻かれていたなんて事実はまったく忘れ去っていたからだ。

テーブルの上に置かれたペットボトルの種類、〈おーいお茶〉を書き込んだ時点で俺はもうすっかり周りが見えなくなっていた。心はその楽屋の世界にいて、目の前には光代がいた。

——絵描きになりたいのかい？

——はい、一応。

——そんなこと言うもんじゃないに。夢ならもっと胸張って言いまい。一応なんて言ってる奴の夢は、夢のままで終わるだに。

——はあ、すみません。

——べつに怒ったんじゃないだよ。好きな画家は？

——いろいろいます。

——一人挙げるなら？

——一人……シャガールとか、ワイエスとか、秋野不矩とか……。

——その人みたいになりたい？

——はい。

——やめときな。なりたいなんて、くだらないに。なりたいなんて思ってもね、世界にはすでにそれはあるもんだで。あんたがシャガールっぽい絵を描くら？　世間はどう思うよ？　シャガールが好きなんだなって思うだけだに。

それは真理だろうと思ったし、話を聞きながらも、そんなことはわかってるよ、と内心で思っていた。誰も真似をしようなんて思っちゃいなかったからだ。

だが、直後に彼女はこう付け加えたのだった。

——それより、絵を描くってことがあんたに何をもたらすのか、考えてみな？

——何を……もたらすか、ですか……。

——そう、あんたにとって、絵を描くって何よ？　その答えを一生考え続ける気があるなら、なれるかもだに。

彼女の言葉には何とはなしに重みがあった。実感というのだろうか。それらの言葉は単なる説教というよりは、光代が手づから摑んだものを、土も泥も払わずに目の前に差し出されたような感触があったのだ。

ああ、そういえばあの人の手首は白くてほっそりしていた。それでいて、そう、ごつい腕時計していたな。あれをぶらぶらさせて、結局ペットボトルの横に置いたんだったな。

次から次に手が語りだす記憶の風景は、あまりに繊細なあの瞬間の空気を伝えていた。

5

「次は、静岡、静岡に止まります」

旅の時間は、一時間にも満たなかった。スケッチブックをしまって飛び出す。そのまま階段を降りて北口改札を出ると、すでに父が竹千代君像の前で待っていた。頭髪はだいぶ薄くなり、表情はやつれて見えた。首のあたりがやけに皺っぽくなり、いつだったか誰かに、首が異様に皺っぽくなったときは気をつけろと言われたのを思い出した。

近くに寄ると、相変わらず身体に煙草の匂いが染みついていた。

「禁煙しろよ」

「なんだ、会って早々に」

「煙草嫌いにとっちゃ、煙草臭いのもウンコ臭いのも変わらねえんだよ」

「香水が嫌いな奴にとっては香水もウンコと同じだな」

屁理屈だけは尽きないのがこの男の悪いところだった。これでいつも母を怒らせていた。基本的にはだんまりを決め込むが、いざ口を開くとこういう減らず口を返す。それでよけいに母が逆上する。あの頃は毎日がその連続だった。二人が争っていなかった時間を思い出すほうが大変なくらいだ。

「親父、元気なのか？」

「どういう意味だ？」

「顔色がわるい」

「三日連続飲み会だからな。そりゃあそういうことにもなる」

「ご家族は？」

「元気さ。最近は子どもはすっかり反抗期だし、妻は妻でわけのわからん横文字の資格講座に大忙し。亭主元気で何とやらだよ。こうして出張が入ってくれたほうが俺も嬉しい。本来ならまだ名古屋に帰れる時間だが、わけもなく一泊することにしたのさ」

「仲わるいのか？」

「母さんとの時ほどじゃない。喧嘩もしないしな。ただちょっとずつ、夫婦ってのは自分のしたいことを優先するようになるのさ。いつまでも惚れた腫《は》れたでつながってるには、人生は長すぎる」

「わかったようなこと言ってんじゃないよ、腹のつき出たオッサンが」

「お、わかるか？」

父はもともと痩せ型だが、だからこそやけに腹が出ているのは気になった。こういう太り方は何か身体に問題を抱えているんじゃないか。

「すぐそこにいい店がある。行ってみるか」

「すぐ済む話なんだが、ここじゃダメか？」

「せっかく来たんだ。案内させろ」

父はそう言って、自分の故郷というわけでもない静岡の街を案内しはじめた。考えてみれば、静岡にやってくるのなんて何年ぶりかわからない。バスロータリーを抜けて、大通りを渡り呉服町通りの細道に入ると、急に賑やかになった。騒がしいというのでもない。東京の吉祥寺《きちじょうじ》あたりの雰囲気を何となく思い出した。過去にもこの辺りには来たことがあるはずなのだが、まったく手触りがちがう。

「にしても、ずいぶん栄えてるな……羨ましい」

「羨ましい？」

「いや、子どもの頃のイメージでは、静岡は地味な街で、みんな夜に浜松に遊びに行くって思ってたから」

「浜松は道路を広くとりすぎた。車の街にふさわしい立派な道路を整えすぎたのさ。道ってのはもっと狭くてよかったんじゃないのかな。この静岡駅の周りを見てみろよ。道は細くてごみごみしてるが、ショップが点在していて、若者が集中してる。浜松駅前じゃ見られない光景だろ？」

「たしかにな」

浜松の若者はショッピングモールにごっそり回収されてしまった。駅周辺の繁華という観点から言えば、静岡に軍配が上がるだろう。

「だが、何といっても浜松は人口の多いマンモス都市だよ。そこには、マンモス都市ならではの考えがある。駅前が閑散としているくらいのほうが、謎めいていていいかもしれないぜ」

「まあ、それも一理あるな。それに、人がいないかと思うと、駅前の谷島屋《やじまや》とかＢＯＯＫアマノとか、ああいう書店にはわんさかいるんだよ。道には人っこ一人いないのに」

実際、浜松という街には得体の知れないところがある。そのエネルギーが爆発するのが、年に一度の浜松まつりだ。あの瞬間、日ごろどこに隠れているんだというくらい、爆発的に人があふれ出す。常識さえ歪めてしまえそうな熱量を、日頃は閑散とした風景のなかに静かにしまい込んでいるのだ。

俺たちが入ったのは、治一郎静岡パルコ店のテーブル席だった。まさか親父まで治一郎ファンだとは思わなかった。血は争えない。

「母さんとは連絡取り合ってるか?」

「いや、必要がない」

「おまえが浜松に戻ってることは知ってるみたいだぞ。心配もしてた」

「あんたらが連絡取り合ってること自体が驚きだ」

「おまえのことで電話がかかってきたんだよ。今どこにいるか知ってるかってな」

母が俺の行方を気にしているというのはさもありなんだが、それで俺が何か反応できるわけでもない。母と暮らしていた頃、彼女は俺の中に父の欠点をみては罵声を浴びせたものだった。夜な夜な涙する母の姿に、もうここにはいられないと思い、上京した。時間というのは一方通行で、過去には戻らないようにつくられている。

「母さんに連絡取ることがあるなら、元気にしてるとだけ伝えてくれ」

「自分で言えよ。おまえの母親なんだ」

「そうだけどな……」

「おまえは、親にとって子がどういう存在か、まだ分からんだろうな。子と離れるってのは、自分の体の一部がもがれるような感じさ。とくに母親はそう思ってるだろう」

「その話、また今度でいいかな」

父は首をすくめてみせた。それから煙草をスーツのポケットから取り出してくわえかけ、店内が禁煙なことを思い出したものか、俺の視線を読んだものか、吸わずに指の間で弄《もてあそ》んだ。

「石溝光代さんの話だったな。あの日、楽屋にいた男は誰なのか」

「わざわざここまで呼びつけたんだ。それなりの話をしてもらいたいところだね」

「期待していいぞ」

父はそう言いながら煙草をふたたびポケットにしまい込んだ。

「そもそも、なんであの日おまえを連れてったか、覚えてるか？」

「……忘れたな。ただ、休日に家でぶらぶらしてたら、親父が突然俺を呼んだ。今から劇を観に行くんだが来るかって。俺は家で絵を描いていたほうがいいから、本当は断りたかった。だけど、あんたは来てもらわないと困るってオーラを出してた」

「そうだったかもしれんな」

「だからついてったんだよ。しょうじき演劇にはまったく興味はなかったけどね」

「そういうことだ。おまえは俺の頼みに応じてついてきた。ではなぜ、俺はそんなにも一人で劇を観に行きたくなかったのか、という話だが……」

「それが俺の質問と関係あるのか？」

「大ありだよ」

それから、父は長い思い出話を始めた。

6

話によれば、あの頃、父は会社で大赤字を出していたらしい。がんばって売った車の内装を、発注し間違えていたのだ。本社は販売店の責任だというし、客はこんな車受け取れないと言うので、結局その車は展示用に店で引き取ることになった。副店長だった父が、店に特大の負債をもたらしたわけだ。

父が内装を間違えたのは、ある製菓会社の社長の車だった。父はその人物に何度も必死で謝罪した。できることなら、その車で納得してもらいたかったのだ。そうすれば赤字はチャラになる。

だが、しまいには門前払いどころか警察に通報するぞとまで言われるようになり、もうこれまでかと思われた。それでも諦めのわるい父は、最後のチャンスをつかもうと五穀屋《ごこくや》の五季《いっき》を手土産に再訪した。

すると、思いがけず門の先に社長が姿を現した。

――チャンスをやる。これを売り捌《さば》いて来い。

父に乱暴に手渡されたのは、観劇チケットの束だった。石溝光代の一人芝居。演目は、『凡将』。父が怪訝な顔をしていると、社長はいたたまれないといったふうに「コレが困ってるんだよ」と小指を立てた。どうやら、石溝光代が社長の愛人だということのようだ。

――もし全部売れたら、あのミスはなかったことにしてやるよ。

父は社長の内情を察した。恐らく、家庭はもちろん会社にも内緒にしている関係だから、大っぴらにチケットを売り捌くこともできず困っていたのだろう。必ず全部売り切ると約束してチケットを手に会社へ戻った。渡されたチケットは全部で三十枚。毎日知人の伝手《つて》を頼ってはちょっとずつ売った。だが、どうしても残り二枚が余った。それで、父は俺を誘って観劇に行くことにしたのだ。

父と俺。合わせて二枚。これで計三十枚のチケットが売れたことになる。かくして、父は己の失敗をチャラにしたのだった。

「で、誰なんだ？　その石溝光代の愛人だった社長さんって」

俺の質問に、父は今日いちばん楽しそうな笑みを浮かべた。

「大串《おおぐし》製菓、知ってるか？」

「お、〈うな茶菓《ちゃか》〉の？　まさか……」

「そう。あそこの社長の大串勝男《かつお》さんなんだよ」

大串勝男は浜松の名士として知られている。地元の経営者同士の懇談会のような場には必ず顔を出し、経団連にも名を連ねている人物だ。俺も何度か新聞で顔を拝んだことがある。いかにも大物然とした雰囲気のある、地元のＶＩＰだ。

記憶の中でピースをくゆらせる男の顔が、新聞などで見る大串となかなか重ならない。

「観劇の後、俺はまた菓子折りをもって楽屋を訪ねた。表向きは、光代さんへの花束を渡すため。だが、本当の狙いは大串社長のご機嫌取りだった。あの時、俺たちを部屋に入れてくれたのが大串社長さ」

人間の記憶というのは恐ろしい。さっきまでマネージャーだと思い込んでいたせいだろう。あれが大串だなんて今の今まで気づきもしなかったのだから。

「まいったね……」

「そして、なんで俺がここまでおまえを呼び出してこんな話をしたか、教えよう。大串社長ってのはな、ありゃあカタギの人間じゃないんだよ」

7

「カタギじゃない？　だって社長だろ？」

林檎《りんご》がじつは肉だと教えられたような気分だった。地元の名士がカタギじゃないと言われても、にわかには信じがたい。

「世間じゃ知られてないが、大串さんは清水《しみず》の生まれでね、本名は、篠束勝男。車の契約では本名を記入するからな。それでわかった」

「篠束……？　それって……」

清水市出身で篠束と言ったら——。

「清水で幅をきかせている篠束組。その初代組長の息子が、大串さんなんだよ。大串ってのは、奥さんの苗字《みょうじ》だそうだ。売り子だった奥さんに恋して、菓子作りに魅せられて結婚した。そしてそのまま、信頼できる当時の若頭《わかがしら》に篠束組の経営を全面的に任せて、自分は製菓業に専念した」

ヤクザの倅ってのは、どいつもこいつもしょうもないのか？　アロマに興味をもったりお菓子づくりに励んだり。

「そうして一代で小さなお菓子屋を大企業にまで成長させた」

「ビジネスの才能があったんだな」

「今でも篠束組の経営が破綻《はたん》しかけると、大串さんの裁量で赤字を補塡《ほてん》している。まあ表向きはノータッチだがな」

「なんでそんなこと親父が知ってるんだ？」

「観劇チケットの一件以来、すっかり俺は信用されちまってね、何度か大串さんと飲みに行ったりもしたのさ。で、大串さんと光代さんが出かける時のアリバイ工作の真似事なんかもしてね」

「何やってんだよまったく。すると……もしかして、石溝光代が芸能界を引退するきっかけになった反社会組織の男性っていうのは……」

「大串さんのことだ。光代さんは最初、大串さんといっしょに写った写真を週刊誌に載せると言われた時、親の稼業と距離を置いて製菓業にいそしむ大串さんに迷惑をかけないために、相手は一般人だから深追いしないようにマスコミに頼んだ。その時点ではマスコミも大串さんの素性を知らなかった。だけど、そこから週刊誌が大串さんの素性を調べて反社会勢力とのダブル不倫にあると叩いた。ただし、Oというイニシャルでね。それで彼女は、これ以上の深追いで大串製菓に迷惑がかかるのを恐れて引退を決めたんだ。あそこで芸能界引退を決めなかったら、マスコミは大串製菓の名前も出していたかもしれない。光代さんは大串さんを守ったのさ」

「湖西に越してから結婚した相手は？」

「その後で出会ったんだな。だが結婚してすぐに亡くなると、一度は切れていた大串さんとの関係がまた復活したというわけだ。結婚相手に先立たれた不幸のさなかに、やけぼっくいに火が付く。いかにもありそうな話じゃないか」

追いつかない頭の中を整理した。その大串がヤクザを使って絵を回収しようと動いているのか？　石溝邸に忍び込んで部屋を荒らしたのも奴の指示なのだろうか？　何のために？

妙だ。篠束組が動いている理由というか、つながりははっきりしてきたが、だからと言って石溝邸を荒らす必要がない。愛人の家なら合鍵くらいあるだろうし、何なら絵の在処《ありか》だって簡単にわかるのではないだろうか？

それに――そこに澤本亮平はどう絡む？　彼は篠束組とはべつの動機で絵を探し始めたのだろうか？　だとしたら、だいぶできすぎている。

「ありがとう、助かったよ」

「静岡まで来た甲斐があったろ？　で、小遣いだが、十で足りるか？」

「いらねえよ、そんなもん。じゃあな」

振り払って行こうとする俺のシャツの胸ポケットに、父は慌てるようにして無理やり三枚の札をねじ込んだ。

「とっとけ。次会う時は俺の葬儀のときかもしれん」

「まだ五十そこそこだろ？　早いんだよ、葬式とか」

父は苦笑した。俺はまた父の首の皺を見た。五十代という年齢より、やや張りのないその首が、いまの状況を雄弁に語っているようにも思われた。

「またな」

「ああ、また。母さんに連絡を取れ」

「へいへい」

俺はそれ以上話したくなくて立ち上がった。果たして俺が母親に会うことはあるんだろうか？　そいつは、父親に会うよりも現実味がなさそうだった。

歩き始めた俺の背中に向かって、父は言った。

「あの時の絵、光代さんはすごく気に入ってくれたそうだ。あとで大串さんから連絡をもらったんだよ。おまえのおかげで、俺のクビもつながったようなもんだ。光代さんは言ってたらしい。この絵は一生大事にするって」

一生、か。その一生が終わったから問題なんだ。俺は曖昧に頷き、そして二度と振り返らなかった。


帰りの新幹線で二本、缶ビールを開けた。一本目は一番搾《しぼ》り。二本目は何だったか忘れてしまった。それから、無理やり胸ポケットにねじこまれた三枚の紙幣を開いた。どれも千円札だった。

俺はそれを財布の使っていないポケットに、見えないように折り畳んでしまった。

第六章

1

帰りの新幹線でも、余った時間はやはり絵を描いていた。だが、行きほど絵にばかり集中していたわけでもなかった。頭の中はずっと、大串勝男のことでいっぱいだった。

父が言うには、大串勝男はもとはヤクザの出だが、それを社会に隠して製菓会社社長の身分を手に入れた。もしも愛人の件がバレて妻に追い出されたら、立場が危うくもなろう。カタギの世界で闇の世界の権力を振りかざしてもどうにもならない。とりわけ、夫婦の問題は。

そこで妻に見つかる前に、光代との関係を清算する。不貞の事実が露見するとしたら、おそらく光代が亡くなった時だ。遺品などがマスコミの目に触れることで、二人の関係がバレる可能性はある。すると問題になってくるのがあの絵だ。彼女の肖像画の片隅には、勝男の背中が映り込んでいる。その可能性に思い至った勝男は、なんとかしてあの絵を燃やさねば、と考えて篠束組に探すように依頼したのではないだろうか？

だが、そこに医者の澤本亮平はどう絡む？

二人の接点が見えない。

亮平を使って俺に絵を探させたのが、勝男なのか？

いや、それでは辻褄《つじつま》が合わない。亮平が動いているのなら、篠束組の連中が俺を探している理由がなくなってしまう。勝男が、篠束組と澤本亮平の両方を操っている可能性もなくはないが、それにしては篠束組が俺のスマホの番号すら知らないというのは情報の共有ができていなさすぎる。やはり亮平は、勝男とはべつの線で俺にコンタクトをとったのだ。二人がべつべつの理由で同時に探しているのだろう。なぜだ？

勝男のほうは理由が想像がつくが、亮平の本心がどこにあるのかわからない。そもそも亮平が光代の絵にこだわるのは何故だろう？　絵画コレクターだから？　それとも、光代自身とつながりがあったのか？　過去の絵がほしいと言っていたのに、唐突に宗旨《しゅうし》替えをした理由も気になる。

そして――。

俺は石溝光代に関する重大な事実を思い出す。

それは〈幸寿園〉に行ったときのことだった。職員は俺にこう言った。

――認知症の方なので、現実と妄想が混濁することはありますから、私は話半分で聞いていましたが。

あの時はわずかに引っかかった程度だったが、今思い返すと、あの職員自身は光代が認知症であることに懐疑的だったのではないか、という気がした。ほんとうに彼女は認知症だったのだろうか？

介護施設に認知症患者として入っていた以上、その診断を医師から受けたのはたしかだろう。

だが――その医師とは何者なのか？

浜松駅に着くと、俺はまずタクシーで〈幸寿園〉に向かった。夜の浜松はそれほどの渋滞もなく、すいすい進む。道路がたっぷりとられているから、浜松まつりの時でもないかぎり、道が混むことはまずもってあり得ないのだ。

二十分とかからずに〈幸寿園〉に着く。夜の九時。施設には夜勤のスタッフがわずかに残されているような時間のはずだった。

敷地内を前かがみの姿勢で忍び足でうろついていると、施設裏手の窓の一つが突然開けられ、網戸になった。入居者が寝苦しさに開けたのだろう。その窓の下に移動して恐る恐る室内に目を凝らすと、仄暗い照明がついており、老人が一人横たわっている。目はすでに閉じていた。

俺は網戸を開けてそっと中に潜入した。

一階に事務室があることはわかっている。だが、そこにはスタッフがいるだろう。どうやって入り込めばいいのか。

目についたのは、ベッド脇にあるコールボタンだ。緊急時に、入居者がこれを押して職員を呼び出すのだろう。表に車は一台だけだった。おそらく、今日の夜勤職員は一名。

俺は音を立てぬように階段を上がって二階の入口脇の部屋に侵入した。

こういう時、ひとつひとつの部屋がバリアフリー設計で、音も立てずにドアが開閉できるというのはとても便利だ。そっと入り込んでコールボタンを押すと、廊下へ出て忍び足で階段を駆け下り、観葉植物の鉢植えの影に隠れた。

職員があくびをしながら二階に上っていった。背の高い口髭の生えた男性職員だった。

職員が二階の角を曲がったのを確かめてから、事務室に向けて足音を立てぬように進む。与えられた時間は、一分かそこらだろう。職員は寝ている入居者を心配して起こすに違いない。老人がボタンを押したのなら、眠っているように見えても、確認のため起こしたりなんだりするはず。職員が戻って来るまでのわずかな時間で入居者の記録を探し出さねばならない。

俺は職員の部屋の壁にあるファイルの棚を見た。ありがたいことにあいうえお順に並んでいる。その中から石溝光代のファイルを探し出す。「あ」から探した結果、上から二段目の端にすぐに見つかった。

石溝光代の入居記録を一年前まで遡る。それによると、彼女は計三度の通院の末に認知症の診断を受けている。問題は、その診断をした病院だ。

一番下の欄に、澤本クリニックの印鑑と、澤本亮平の署名が確認できた。わざわざ不法侵入までした甲斐があった。俺はファイルをもとに戻すと、職員が戻ってくる前に玄関に向かって歩き出した。

「たけし、たけしじゃないか」

いきなり玄関の脇から出てきた老人が俺を指さして大きな声で呼びかけた。

「今までどこに行ってただよ？　心配しただに」

「やあ、父さん、元気？」

俺は顔も声もわからぬ〈たけし〉に成りすました。

「こんなに立派になって……元気だに。ここはつまらんらぁ。早く家に帰りまい」

二階で足音がする。職員が戻ってくる。急がなければ。

「父さん。気持ちはわかる。でも今日はここに泊まろう。で、明日帰ろう、ね？」

「……わかった。そうしよう」

老人は納得したのか、親愛の情をこめて俺の肩を叩いた。俺はそれに力強く頷いてやって部屋へと送り出した。

階段を降りる音がする。俺は踵を返し玄関へと駆けた。だが鍵ばかりかチェーンまで厳重にかけてある。チェーンを外せば音が鳴る。仕方なく、先ほどの老人の後についていき、老人の部屋に入り込んだ。老人は、俺がぴったりと背後にいることに気づかぬままよたよたとベッドへ戻ろうとしていた。

俺は手を貸して老人をベッドに寝かせてやった。

「父さん、ぐっすりお休み」

「おまえがいなくなってから寂しくて仕方なかっただに」

「俺もだよ」

「まさかおまえがわしと母さんのもとを離れるなんて思いもしなかっただもんで。一度も考えたことがないだよ。生まれてから一度もだに」

なぜか、これが自分と父の未来なんじゃないかという錯覚に陥った。

「ごめんよ、父さん」

「そばにいてくれんけ？」

俺は老人の手を握りしめた。そして、今度は母のことを考えた。彼女のそばを離れることは必然だった。彼女の再婚のタイミングでもあったからだ。

だが、母のほうではどうだったのだろう？

今日の父の話によれば、彼女は俺に会いたがっているという。再婚相手とも今はパートナーを解消しているから、彼女なりに心細いのだろう。

会いに行くべきなのか。

やがて、老人の寝息が聞こえてきた。

「おやすみ」

俺は名も知らぬ老人のつかの間の息子という役割を終え、窓から外へ飛び出した。芝生のうえにそっと降り立つと、あとはとにかく宿へと向かった。腹がやけに減っていたし、身体の芯から疲れてもいた。

2

「お帰りなさいませ」

ホテルのフロントに着くと、瀬莉愛が帳簿のチェックをしているところだった。彼女はちらっと俺に目をやると、伏し目がちに頭を下げた。

「遅くなったね。鯉こくは惜しかった」

彼女は俺の台詞をちりとりに取るみたいに軽く頷くと、ふたたび帳簿に目を落とした。

「……残りでよければ、お部屋に持っていくことができるけど？」

「お願いできるのかな」

「そうね、君がお客様なら仕方ないかな」

彼女がまだ怒っているように見える理由はもちろんいくつか考えられる。俺が光代との関係に言及したこと、過去に会ったのを覚えていないこと、夕飯の時間にきちんと帰ってこなかったこと――ほかにもあるのか？

「お部屋でお待ちください」

彼女は鍵を渡してくれた。

「客として頼みがあるんだけど」

「……何でしょう？」

「せっかく夕飯を用意してくれるなら、食べる間、そばにいてもらえないか？」

「何のために？」

「一人で食べるのはわびしい」

「本気で言ってるの？」

「俺は糞真面目で冗談が苦手なんだ。それに、俺も君も、もう少し打ち解けたほうがいい」

彼女は黙って俺を睨み続けた。自分が視力検査のマークになったのかと心配になったほどに。

「――君が、過去の自分の発言を根掘り葉掘り尋ねず、光代さんの話もしないと約束するなら」

「約束を守るのは、絵を描くより得意だよ」

「そう願うけどね。では後ほど」

「ごめん、やっぱり先に風呂でもいい？」

「……十五分だけ待つ」

「肘を洗うのは諦めよう」

「シャンプーは流してね」

俺は少しばかり軽い足取りで部屋に戻った。そして、なぜかフオンのことを考えていた。

彼女は今は夢に向かって前進している。その後のことは、お互いに白紙のまま。

――まだフォンさんのことが忘れられないんすか？

バロンに言われた言葉が思い出される。

そもそも付き合っているわけではないのだ。今はただそれぞれの道を――。

こんな言い訳を自分にし始めているのは、何より瀬莉愛との間に何かが起こる予感のようなものを、わずかに感じているからに違いなかった。

「アホらしい」

俺は早々にシャワーを浴び、髭を軽く剃ってから部屋に戻った。そして、大の字になって琉球畳に倒れ込んだ。もうこれ以上何かを考えるには疲れ過ぎていた。石溝光代の絵のことも、それを取り巻く男たちの動きのことも、もちろんこれから瀬莉愛と何を話すのかについても。

ほどなく、部屋のドアをノックする音。身体を起こしてドアを開けると、晩餐《ばんさん》の品々を載せたトレイを持って瀬莉愛が立っていた。俺は彼女を招き入れてからドアを閉めた。

「ここはいいホテルだね。立地もいいし、見晴らしもいい」

「気に入っていただけてよかった。君は絵描きらしいね」

「調べたんだな。いまの人生に満足か？」

　彼女は琉球畳の和室に座り、ちゃぶ台に料理を並べ始めた。鯉こく、鯉の刺身、鯉の甘露煮《かんろに》と鯉づくしだ。俺のほうを向かず、手も止めぬまま、彼女は言った。

「なぜそんなことを聞くの？」

「さあ。若いうちは、みんなそれぞれに何らかの思いを抱いて生きている。夢を諦めず、どうにか這い上がるチャンスを探している。少なくとも、俺はそんな感じだ。あんたはどうなのかなって」

〈淡い酸素〉という澤本の言葉が、脳裏をよぎる。そう、稼げなかろうが何だろうが、俺は絵にしがみついて、淡い酸素とやらを吸い続けている。それ以外の生き方を知らないのだ。

「満足かどうかはわからない。でもこれ以上も望んでいない。もともと欲というものをあまり持っていないから。君やフォンはすごいよ。そう言えば、二カ月前だったかな、テレビにフォンが映ってたから思わず撮っちゃったんだけど、見たい？」

「え？　フォンが？」

　瀬莉愛は全国的にいちばんメジャーな音楽番組の名を挙げた。その番組に登場した女性アーティストのバックダンサーの一人に、フォンがいたのだという。動画を見せてもらった。

テレビを撮影したものだから、画質はいいとは言えなかったが、それでもひさびさに見るフオンのダンスは、俺のなかにかつてあったアロマを思い起こさせた。彼女のダンスは限りなく進化していた。もう自分の知っているフオンではなくなって、どこか遠い星の住人になってしまったようにさえ感じた。にも拘らず、俺はフオンのつま先から指先までの動きのなかに、過去を探ろうとしている。

何とも惨めな気持ちで、瀬莉愛にスマホを返した。

瀬莉愛は何も尋ねることなく、俺のグラスにビールを注いだ。

「あんたも飲まないか？」

「お酒は飲まないの。だいたい、仕事中だもの」

「絵描きは仕事中も飲むもんでね。乾杯」

ビールを一気に飲み干した。ビールは驚くほど速やかに俺の胃袋に収まった。さっき新幹線で飲んでいるのに、今日最初の一杯みたいだった。

ふたたび瀬莉愛がビールを注ぎ足した。

「子どもの頃からホテルのオーナーに憧れていた？」

「まさか。そんな渋い子いないでしょ」

「じゃあ、そこから離れた今を歩いているわけだ」

「大きなお世話ね。私は叶わない夢は見ないだけ。それにここにはたくさんの従業員がいてそれぞれ守るべきものを持ってる。彼らを守っていくのに、できるだけ余計な荷物は持たないほうがいいもの」

彼女は頬にかかった前髪をかき上げた。その瞬間、記憶の中の何かがうずいた。そうだ、俺はこの女に会ったことがある。髪をアップにしていたんじゃないだろうか。たしか、そう、彼女の言うとおり、あれはダンス大会遠州ブロック予選の後だ。

だが、なんと声をかけたのかは思い出せない。

「――恋人はいる？」

俺は鯉こくを飲みながら尋ねた。久々に口にする鯉こくはまったく泥臭さのない、上品な味わいだった。天竜川《てんりゅう》の捕れたてだろうと思われた。

「え、何、急に」

「いや、あんたみたいな女性なら、一人や二人はいるだろうなって思ってね」

「君ね、そういう質問、誰にでもするの？」

「そういうわけじゃないけどね」

「じゃあ、誰にもしないことね。属性で人を判断するような質問よ」

「属性？」

「赤い下着はもってる？　君はトランクスを穿《は》いてそう。恋愛経験は多くて三人てとこね。どう？　あまりいい気分がしないと思わない？」

「恋人がいるかどうかの質問がそれと同じ？」

「私にとってはね」

「今後の参考にしよう」

「そうしてちょうだい」

俺は首をすくめながら鯉の甘露煮にありついた。こっちはかなり濃厚な味わいだった。そうして、ひと息ついた。

「なんだかわからないが、久しぶりに気持ちが緩んでる気がする」

「そう？　よかった。不思議ね。私もいまちょっとそう思ってたよ」

彼女は窓辺に向かった。その視線の先には、月を水面に宿らせて、柔らかな照明とともに黄金の輝きを手にした浜名湖湾景が広がっている。

「なんだか変な感じ。私、毎日こんなにきれいな景色の場所にいるのに、ここからこんなふうに窓の外を見たの、初めて」

そう話す彼女のシルエットは、どこかの国の神話に登場する、やがて永遠の闇に葬られる運命の女神みたいだった。

「動かないで、そのまま」

俺はスケッチブックに手を伸ばした。この情景を、そのまま絵にしなければいけない気がした。

「絵描きさんの創作欲求？」

「そんなところだね。これも最近では珍しい」

だが、こんな瞬間のために生きてもいる。死ぬまでにあと何回かでも、こんな瞬間が訪れてくれれば、それでいいのだ。その程度でいいって思えるなら、誰にだってやっぱり〈淡い酸素〉くらいあるんじゃないのだろうか。違うのか？

「フォンと別れたせい？」

「……いまはその名前はいいよ」

彼女は笑った。その一瞬だけ、肩が揺れた。檸檬《れもん》みたいだ、と思った。鮮やかな檸檬が床を転がる時の美しさが、そこにあった。

人生というのはよくわからないふうにできている。慌ただしい一日の終わりにこんな穏やかな時間が待っていたり。そこに何か意味を見出そうとするのも、とどのつまりは人間の感性なのだろう。

デッサンは、散歩に似ている。目の前の風景を写し取るという目的はあるが、どこで引き返し、何を取りこぼすかは自分に委《ゆだ》ねられている。あとは記憶と、記憶の欠如が新たな世界をつくりだす。

「髪はこのままでいい？」

「……解いてみてくれる？」

彼女はシニヨンを手早く解いてみせた。長い髪がするりと広がった瞬間に、女神はその拘束された魔法を解き放った。

俺は夢中で筆を走らせた。なぜか十二年前にこのホテルで石溝光代の絵を描いた時の感覚がよみがえった。そう、あの時もこんなふうに無我夢中で描いたのだ。

何がそうさせたのか？　今ならわかる。根拠もなく俺の才能に賭けて、微笑なんか浮かべながら見守る光代の視線だ。あの目が実力以上の力を引き出させた。大地に根差したような、力強い眼差しが。

そして——いま目の前にいる瀬莉愛の中にも、同じ匂いを感じた。が、すぐにその感覚に待ったをかけた。絵を描いている時のいちばんの魔物は対象を美化したくなる感情だ。そんなものは使う予定のない古びた引き出しにでも入れて鍵をかけておくにかぎる。

瀬莉愛から光代への連想経路を断ち切るべく、俺は光輝のことを思い出してみた。野郎のことを考えれば、少しはなけなしの理性も戻るはず。光代、光輝。このラインもまた、意志の強さという共通項がある。まあ親子だものな。そういえば、〈光〉という字を光輝は受け継いでいるのか。

と、そこまで考えて思考が止まった。恐らくはずっと意識の底にこびりついていたであろう違和感の正体に、不意に指がかかった。

石溝光代の認知症診断書、澤本亮平の署名があった次のページに入居申請の書類が入っていた。そこにサインし、入居への同意を示す印鑑を押したのは石溝光輝だと、俺は思っていた。だが、いまこうしてよみがえってくる記憶の中に、〈光〉の字は見当たらなかった。

サインしていたのは、石溝光輝ではなく、石溝邦義だったのだ。

「どういうことだ……？」

「何か言った？」

「いや、何でもない」

俺は筆を進めながら考えた。なぜ南米にいる石溝邦義が、母親を高齢者介護施設に入れるよう指示したのか。あるいは、指示できたのか。

留置所の光輝を再度訪ねる必要がありそうだった。

「ひとまず、デッサン完成。見る？」

「見たい。こういうの初めてだから」

彼女は俺の絵を覗き込んだ。どれくらいだろうか、とにかく俺が想像したよりも長い間、瀬莉愛はその絵を見つめていた。そして、それを無言で俺に返すと、顔を背け、窓の外をまた眺めはじめた。かすかに鼻を啜る音がしたが、なるべく聞こえないふりをした。

「君は嘘つきだなぁ。私、こんな素敵じゃないよ」

「ありのままってのは、大抵自分が思うより素敵なものだよ」

瀬莉愛は、俺の言葉を意識から払い落とすように目を閉じた。

「ありがとう。もう戻るね。ぐっすり休んで」

「あんたのおかげで疲れもとれた。夢も見ずに寝られそうだ」

彼女はよかった、と小さく言って、入口へ向かった。それから言った。

「君が私に言ったこと、知りたい？」

「ああ」

「もし知りたいなら、明日教える」

「うれしいね。眠る愉しみが増えた」

彼女はもう何も言わずに部屋から出て行った。まるで、最後の恩返しを終えた鶴みたいに儚《はかな》い後ろ姿だった。

3

いつもより疲労の溜まっている身体を押して、ゆらめく日差しの中、蘭都の車は高級街区の坂道を上りはじめた。この瀟洒な坂道を上るのは、今日で三度めだった。

蘭都は自分の肩を軽く叩いた。前の日の冒険がやたら堪《こた》えている。

「蒼は無事に帰れたのかな……」

あまり気にしても仕方ないと思いつつも、今も車が尾行されている状況では、つい気になってしまう。前向きな要素と言えば、ネロリが〈蒼充電〉が足りたのか、今日は外出時も寂しがらなかったことくらいだ。

昨夜蘭都が湖西市から戻ると、篠束組の男たちが家の前で張っていた。

――ずいぶんナメた真似をしてくれたな？

矢内が息巻いた。

――ん？　僕は何もしてないけどね。

――昼間、一緒にいた男は濱松蒼だろ？

――濱松蒼は僕じゃなかった？

――とぼけるな。ネットが正直に教えてくれた。

やっと現代の利器を活用することを思いついたようだ。濱松蒼は、今は売れていないと言っても過去に何度か取材を受けているらしく、画像はいくらでもネットにある。

――たしかに一瞬だけど、彼と一緒にいたよ。

――なぜ俺たちのところに連れてこなかった？

――二日後に舘山寺に連れていけばいいって聞いてるからさ。

――ふふ、いい度胸だな。

矢内は玄関先に入り込むと、蘭都が寄りかかっていた壁に拳をめり込ませて穴をあけた。

――あんまり俺たちを怒らせないほうがいいぞ。この部屋に帰って来られないようにすることもできる。

――壁の修理費は、篠束組に請求すればいいの？

――てめぇ何もわかっちゃいねぇんだな。

横から村井が憐《あわ》れむように言った。今にも男たちは蘭都に拷問をくわえそうに見えた。

だいぶくたびれたサラリーマン風情の男にしても、今はヤクでもキメてきたのか上機嫌で突飛な行動をしそうだったし、村井に至ってはもうすでに拳を固めて臨戦態勢に入っていた。

——まあ僕をいたぶるのは、絵描きを連れてこなかった時にとっておきなよ。それより、場所を決めよう。ちょうど〈舘山寺アコーホテル〉の大宴会場で大衆演劇祭がある。その会場入り口あたりでどうかな？

矢内は壁に開いた穴の縁に指をかけ、思いきり手前に引っ張ってさらに穴を拡大させた。バキバキと嫌な音が室内に響き渡った。

——いいだろう。言っておくが、俺たちから逃げることはできない。そのことだけは忘れるな。

——冷蔵庫にメモで貼っておくよ。

男たちはなおも口々に脅しの文句を言っていたが、たいていは忘れてしまった。そうしてどうにか男たちが去った後、一件のメールが入っていた。安達ミーナからだった。

〈どうしてもお話ししておきたいことがあります。明日家に来ていただけませんか〉

高校生にしては丁寧な文面だった。深夜の二時という時間を考えると、真夜中に何らかの不安に襲われたものと思われた。

しょうじきなところ、蘭都はミーナについてどう考えたらいいか分からずにいた。彼女は本当に監禁されたのだろうか？　だいたい、警察に通報したのは誰なんだ？

翌朝十時に家に行くと告げ、蘭都は時間通りにこの住宅街にやってきた。

インターホンを鳴らす。最初に出たのは母親の涼子だった。昨夜、ミーナに呼び出されたという事情を話すと、まあそうですか、とやや戸惑ったふうに言いつつもドアを開けてくれた。

涼子の瞳は、相変わらず蘭都に何らかの期待を抱いていた。にっこり微笑んで挨拶をかわし、蘭都は中に入る。

「今日はお父様はいらっしゃいますか？」

「いいえ。会社です」

「そうですか。ではよろしくお伝えくださいませ」

「あ、よろしかったらお昼をご一緒にいかが？」

「いえ、仕事があるので」

できることならば、何か施術記録を残して帰ろう、と蘭都は思っていた。今日はスケジュール外だ。過去に訪問施術をした後、客の夫が怒って店に乗り込んできたことがあった。以来、蘭都は慎重のうえに慎重を期すようにしている。

「では、ミーナさんのお部屋に上がらせていただきます」

「わ、私も一緒に……？」

「そうしていただきたいところですが、昨夜わざわざ話があると、彼女は言っていました。まずは僕一人で話を聞きたいと思います。よろしいですか?」

やや表情が曇ったが、涼子はこくりと頷いた。すぐに、どうぞ、と奥を示す。

蘭都はにっこり微笑むと、涼子に言った。

「少し体の左側に疲労が溜まっていますね。またお店にいらしてください。上質なアロマでお待ちしております」

人間の顔はしょうじきだ。疲労が溜まると、顔に歪みが出る。一見してわからなくても、笑ったタイミングで口角のバランスがずれていたりするのだ。

「まあ……そうなのよ、最近PTAの役員ですっかりたいへんな目に遭って……また伺うわ」

機嫌はこれで元通り、と。蘭都は会釈をして奥へと向かった。この屋敷は迷子になりそうなほど広い。タイタニック号の中にでもありそうな階段を使って二階に上がる。

ノックをすると、ミーナはすぐにドアを開けた。今日の彼女は珍しく大してメイクをしていなかった。最近の女子高生がみんなそうなのかは知らないが、ミーナはメイクなしでは人に会いたくないタイプのようだから、きわめてレアな状態といえる。

「入るよ」

蘭都が中に入ると、ミーナがすぐドアを閉めようとするので、それを制した。ドアは必ず開けたまま。これも蘭都にとってはトラブルを避けるための当たり前のルールだった。

「それで、メールをくれた件だけど、どういうことなのかな？」

「……蘭都さんにも、親っているの？」

彼女はベッドの上で蘭都に背を向けて体育座りをしてそう尋ねた。できるだけ、顔を合わせたくない気分なのだろう。

「もちろん、いるよ」

「仲はいい？」

「ぼちぼちかな。いいときも、わるいときも」

「親といて、息が詰まりそうって思うことない？」

「あるよ。しょっちゅうだ」

「私の歳くらいの頃は？」

「あったよ。だから家を出たのかもね」

「家を出たら、問題は解決した？」

相手を質問攻めにする人間は、自分のなかに問題意識があるのだ。

「したところもある。でも全部じゃない。きっと一生ついて回ることもある。それに、すべてがなくなれば息がしやすいとも限らない。人間てけっこう複雑なんだよ」

彼女は黙っていた。まるで台詞の収められた倉庫の電球が切れてしまって手元が見えなくなったとでもいうみたいに。

蘭都はとにかく待った。今日のスケジュールについて考え、そのついでに施術方法について考えをめぐらしたところで、ようやくミーナは、言うべき台詞を倉庫から手探りで見つけだしたらしかった。

「しんどいなぁ……ときどき、すべて引き裂きたくなるんだ。このベッドも、ぬいぐるみも、ママが私に似合うって買ってくる服も、何もかも」

「でも君のママは君を大切に思ってくれているよ？」

「それは若いときの自分と重ねてるから。だから帰宅時間もいつも決められてるし、お小遣いも定額、土日は決まった子としか遊ばせない。私をお人形さんだと思ってるんだよね」

「君はそれが嫌なんだね。それで、都合のいいお人形じゃないって証明したくなった？」

その言葉に、ミーナはハッとしたように振り向いた。

「気になってたんだ。新聞には誰が警察に通報したのか書いてなかった。それに、先日石溝さんの家に行く機会があったんだけど、駐車場は雑草が生い茂っていた。長らく使われていないようだったね。あの先生はバス通いだったんだね」

そこから先の言葉はあえて言わなかった。本当は言葉はこう続く。車もない人間が、どうやって君をさらって監禁できるんだい？　だが、最後まで言わずとも、それはミーナにもわかったようだった。

「校門を出たところで、男の人が言ったの。コーちゃんの家に押しかけたら何でも買ってやるって。馬鹿なこと言ってるって思った。べつにそんなことしてお金なんかほしいとも思わないし。でもね……」

石溝光輝は、高校で〈コーちゃん〉と呼ばれているようだ。たぶん生徒の間でも人気があったのだろう。

「でも、君は家出がしてみたかった。そうだね？」

ミーナは静かに頷いた。

「コーちゃんがこんな目に遭うなんて私、思わなかったんだ……ただ親と大喧嘩したから今日は泊めてって言えばいいってあの男の人が言ったから……。そしたらコーちゃんはいい奴だから、泊めることはできないけど話は聞くよって、家に上げてくれて……そうしたら急に警察が来て……」

恐らく、校門で彼女に声をかけたという男が通報したのだろう。

「なぜ警察に本当のことを言わなかったの？」

「言えないよ……だって、自分から押しかけたなんて言ったら、ママ倒れちゃうよ。もう私どうしたらいいかわかんなくて、警察が監禁されたのかって聞くから何度か頷いてそれで……」

言いながら、ミーナはぼろぼろと涙をこぼしていた。感情のベクトルさえ、混乱しているのだろう。石溝光輝に申し訳ない気持ちと、母への憎しみと、けれど期待を裏切れないという気持ち。そのどれもが、蘭都にはよく理解できた。

「その、声をかけられた男の人は知り合いではないんだね？」

「初めて見る人だった。でも、私の父とも仕事で取引したことがあるらしくて、私のこともその時にみて知っていたみたい」

「ふうん？　仕事で……」

「弁護士だって言ってた」

「何ていう人か、苗字だけでもわかるかな？」

「……たしか、井戸田《いとだ》。その人が仕事の電話してる時に、電話の相手がそう呼びかける声が聞こえたの」

「井戸田、ね。わかった。ちょっと待ってね」

　蘭都はいったん退室し、廊下で小吹組の若頭の竹中《たけなか》に電話をかけた。彼なら街の大抵の事情を把握している。

「蘭都若様、いかがなさいましたか？」

「もう若様はいいよ」

「そうは参りません。蘭都若様は我が小吹組の……」

「もういいってば。でね、市内の弁護士で井戸田っているか調べてほしいんだけど」

「あ、それなら調べるまでもありませんぜ。うちの若いのが問題起こしたとき、相手側の弁護で来たことが何度かあります」

「どんな人？」

「左翼だけどキレ者っすね。弁護士はみんなそうかも知れないっすけど。ただ、少々ヤバめの案件も抱えてるって噂です。飯島《いいじま》組や小柴《こしば》組の顧問弁護士もやってるとか」

「へえ、そりゃあ稼げそうだ」

「あと、海外に雲隠れしたわるい奴の案件も一個やってますね」

「わるい奴？」

　あんたら界隈はだいたいみんなわるいだろうに、と蘭都は思ったが、それは言わずにおいた。いくら組長の息子でも言わないほうがいいことはある。

「ええ、界隈じゃちょっと有名だった話なんすよ。数年前に屋島《やしま》組の組長を滅多刺しにして組を解体した奴がいるんです。そいつの弁護をたしか井戸田がやったんですよ。で、まんまと勝訴してそいつは無罪放免、海外逃亡っす」

「滅多刺しで？」

「超強引な理屈で証拠不十分に持ち込んだんですよ」

「滅多刺しなのに？」

「怪しいでしょ？　どこまでも黒い話なんすよ。何しろそいつ、今じゃブラジルに渡ってあっちのマフィアのボスになって一財産築いてるってんですから」

「……そいつの名前、わかる？」

「石溝邦義ってんですけどね」

「石溝……」

「石溝光代の息子です」

「ああ、うん……そうか……ありがとう。わるいんだけど、その井戸田が今でも石溝邦義の顧問弁護士やってるのかどうか調べられる？」

「やってみます。若様のためっすからね」

「頼んだ」

電話を切った。

つながった。石溝邦義の顧問弁護士が、石溝光輝を罠にハメたのだ。もちろん、邦義の命令だろう。

だが——何のために？

「ねえ、私、罪に問われるの？」

「さあ、わからない。でも君よりも罪に問われるべき人間がいる……それをはっきりさせるためには、真実を言わなくちゃね。それと、お母さんにも不満を伝えたほうがいい。すぐには無理だろうけど」

「……無理だよ、警察こわいし」

「うーん、そうだな、とりあえず、今日のアロマテラピーを始めてみようか。この問題は、そのあとで一緒に考えよう？」

ミーナは、わかった、と言って横たわった。

蘭都は、マージョラムを配合した特製オイルをたっぷりと手に出した。

「マージョラムはね、古代ギリシアでは、オロス・ガノスと呼ばれていた。意味は、山の喜び。アフロディーテが創り出したハーブで、幸福をもたらすと言われているんだよ。だから、これを付けたら、そんな顔はしなくていい。君はもう自分のしたことの意味を理解してるんだから、思い煩《わずら》うことはないんだよ」

ミーナは、その言葉に何か憑《つ》きものが落ちたように、安堵の表情を浮かべた。蘭都はオイルを掌にとりながら、この少女に罪悪感を植えつけた男たちの処方について考え始めた。

そして、どうやらこっちの問題ばかりは、アロマではどうにもなりそうになかった。

第七章

1

　モーニングサービスに間に合わなかったのは、前の晩に考え事をし過ぎたせいであって、瀬莉愛が夢に出てきたせいではない。夢の中の瀬莉愛は大胆に迫ってきたが、だからと言って夢を延長したという事実は当たらない。

「どうすんだよ、この空腹」

　人類にとって空腹ほどいただけない事態はない。どうにか朝食の時間を延長してもらえないか瀬莉愛に掛け合うべく、俺はフロントに向かった。ちょっと出るだけだし、いいかと思ってスマホは部屋に置いてきた。

　だが、あては外れて、フロントに瀬莉愛はいなかった。

「瀬莉愛さんはいないの？」

「オーナーは……今は接客中です」

フロントスタッフの歯切れの悪い言い方が気になった。俺はロビーの自販機でコーヒー牛乳を買い、ひとまず空腹を満たした。それからソファでくつろぎ新聞を広げる。

すると一人の男がロビーに入ってきた。

やけに派手なスーツを着た男だった。テレビドラマでもないのに、上下揃いの鰐革《わにがわ》のスーツを着ている奴なんて初めて見た。

「瀬莉愛は？」

男は軽い調子で言いながら、カウンターを忙《せわ》しなくトントンと指で叩いた。

「お部屋にご案内します」

「早くしてねん」

語尾の粘着性が、人の心理をもてあそぶようだった。

「はい、ただいま……！」

スタッフは慌てているが、異様に怯えているようにも見えた。この男、初めて来る客というわけではなさそうだ。しかも今の会話からすると、瀬莉愛がすでに部屋にいて男を待っているように聞こえる。というか、それ以外にとりようがない。

スタッフがカウンターから出ておどおどと男を先導し、ちょうどやってきたエレベータに二人で乗り込んだ。ドアが緩慢な速度で閉まり、フロントには静寂が残された。

俺は無人になったカウンターに近づくと、回り込んで内側に入り、宿泊者リストを見た。最近のはタッチ画面になっていて操作がしやすい。すぐに今日の予約者リストのページに辿り着いた。

今日の宿泊客は三十数名。午前十一時のチェックインの欄に印がついているのは全部で三名。うち二名は女性客。その最後の一人の名前に思わず口笛を吹いた。

「まさかここで会えるとはねぇ、石溝邦義さん」

2

餃子屋〈熱華《ねっか》〉の店内は、今日も湯気で煙り、ニラとニンニクの香りが濃厚に漂っている。小吹組に入って三年目の下島《しもじま》は、店のいちばん奥の席にいて、入口付近のカウンターにいる二人の若者を眺めていた。一人はホスト風、もう一人はボクサーっぽい体格。二人は最近勢いづいているらしい半グレ組織〈銀ユー〉のリーダー格だ。二人が店を出てどこかで分かれるタイミングで、ホスト風の奴を襲撃する予定でいた。

昨夜、下島がいちばんかわいがっている舎弟の大西《おおにし》が、ガールズバーでぼったくりの被害に遭った。一時間三千円、明朗会計と謳っていたのに、三時間いただけで二十万を請求され、その場でコンビニのATMに連行され金を下ろさせられた。大西は〈銀ユー〉が元締めだと知らなかったのだ。

〈銀ユー〉とて、小吹組と知っていれば金をふんだくったりはしなかったろうが、臆病な大西は組の名前すら言えずに店を飛び出した。午前中に電話をかけて小吹組の若者だから金は返してやってくれと頼んだが、客は客だからという。無論、上の者が出てくれば、〈銀ユー〉の連中だって大人しく引き下がるだろうが、こんな馬鹿げた案件に兄貴たちを関わらせるわけにはいかない。下島は、一人でケリをつけるつもりでいた。

ところが――そこへ鰐革のスーツに身を包んだ南米系の男たちが入店してきた。全部で五人。そして彼らが〈銀ユー〉の連中の肩を親しげに叩いて隣の席に腰を下ろすと、それまで周囲を屁とも思わぬ態度で大きな笑い声を立てていた二人が借りてきた猫みたいに大人しくなった。

「何だ、あいつら……？」

南米系の連中はとかく身体がでかいから、店に入ってくるだけで偉そうにしているように勝手に思ってしまう。しかも腕っぷしも強いからそうそう喧嘩も売れないし、あんまり好きではなかった。

入店してきたそいつらは、高そうなネックレスやら腕時計やらをじゃらじゃらとつけていた。その中でも、ブロッコリーみたいな緑のアフロヘアの奴がいちばんタチがわるそうだった。相棒らしきスキンヘッドが、ほかの仲間たちに、短気なブロッコリーのためのクッションになってやっている、という感じだ。

最近じゃヤクザすら見下しているところのある〈銀ユー〉のリーダー格二人があんなに大人しくなるんだから、同種の半グレじゃなかろうが、ヤクザにしては行動が派手すぎる。表向きは大人しくせざるを得ないのがヤクザの世界だ。その傾向は年々高まっている。できるだけ普通を装って生きる。下島はそのために普段は産業廃棄物運送の仕事をしている。シノギが急速に減りつつあるが、小吹組はいまだに麻薬取引はご法度《はっと》だ。そうなると、密漁、密猟、密造に手を出すか、興業と銘打ってカタギの真似事をするしかない。

稼ぎで言えば、〈銀ユー〉はヤクザの倍以上稼いでいるだろうが、いま入ってきた南米系の連中の身なりの良さはそれを凌いでいる。

と――その刹那、店内に轟音が響く。〈銀ユー〉の二人がカウンターに頭部を思いきり叩きつけられたのだ。あまりに一瞬の出来事だった。やったのは、恐らくブロッコリーだ。あまりの動きの早さに、彼らに注目していたはずの下島でさえ一瞬何が起こったかわからなかったほどだ。〈銀ユー〉の二人は顔面から血を流し、そのままぐったり倒れている。

彼らもガールズバーの被害に遭ったのか、それともべつのことで怒っていたのか。

ブロッコリーは日本語ではなく、自国の言葉で店員を呼びつけた。

何かを店員に伝えるが、店員は意味がわからないようで何度か首を傾げた。すると、ブロッコリーは突然店員の襟首をつかんだ。

「おい、やめろよおまえら！」

下島はポケットに割り箸を忍ばせて男たちに近づいた。早いとこ、ここを収めて南米系の連中を追い払って、気絶している〈銀ユー〉の二人から金を回収せねば。

「いいかい、あんたたち、気が立ってるみたいだが、まずメニューをちゃんと見てそこにあるものをだな……」

最後まで言い終わらぬうちに、下島は反対側の壁まで吹き飛ばされた。鼻が、折れているのがわかった。なんて破壊力のある拳だ。

「ウモーヴァ《死ね》！」

言葉の意味だけは、バロンに教わっていたのでばっちり理解できた。だが、それだけだった。下島は倒れたまま身を起こすことができなかった。顔に感覚がなく、鼻が一キロ先にあるような感じがした。

ブロッコリーが近づいてきた。そして、拳を恐れて身構える下島の顔面を、踵で踏みつけた。靴底の固さを感じる間もなく、下島の意識は途絶えた。

3

ミーナの家を後にした蘭都は、車に乗り込み、いま摑んだ情報を急いで蒼に伝えようと電話をかけた。全部で十五回鳴らしたが、蒼は電話に出なかった。

「こんな時になにやってんだアイツは」

背筋に寒いものが走っていた。

こんなことは初めてだ。起きていることの全貌がつかめない。光代の肖像画を探せと命じた医者、同時期に肖像画の作者をつかまえようと懸命な篠束組、やはり同時期に光代の次男を捕まえるよう画策《かくさく》した弁護士。そしてその弁護士の雇い主である光代の長男は、南米のマフィアの親玉となっている。

何かとんでもないことが起きている。

電話が鳴った。案の定、父だった。父はこういう時に鼻が働くのだ。

「こないだ家に寄ってくれたそうだな？」

「ああ、聞いたんですか。ごめんなさい、ちょっとあの時は時間がなくて」

「構わんさ」

何か音楽を聴いている最中らしく、不定形なシンセサイザーの音色が聞こえる。シャボン玉の煌きのように変幻自在に表情を変える不思議な音楽だ。

「やはりレイ・ハラカミは返す返すも惜しい才能だった。あと十年生きていればテクノミュージックのシーンはガラッと変わっていただろう。METAFIVE にも加入してたんじゃないかと思うが、どうだ？」

「……あ、ええと、そうですね」

父にはしょっぱな音楽の話をする癖がある。蘭都はテクノはあまり聴かない。そういう話なら、蒼とのほうが合うんじゃないだろうか。

「それはそうとな、蘭都、何やら嗅ぎ回らせてるそうじゃないか？」

「お父さんの耳にも入ったんですか？」

「当たり前だ。何でも俺に話すから、竹中を信頼している」

若頭相手に秘密を守らせようとしたのが間違いだったか。

「井戸田を追わせたらしいな。やめとけ。あんな奴を調べないほうがいい」

「そんなにヤバい奴なんですか？」

「井戸田は雑魚《ざこ》だ。だが、厄介な輩とばかりつるむんだ。アイツは気づいていないが、どこかで一歩道を踏み外せば、ドラム缶ごと浜名湖の底に沈む日は近いだろう。自分もピラニアの仲間入りをしてるつもりだろうが、ピラニアに食われる餌の側だ。時間の問題だな」

「なぜそう思うんですか？」

「知り過ぎてるのさ、黒すぎるあれこれをな」

「それは、つまり石溝邦義についてのことですか？」

「それもその一つだな。現在も奴は邦義の顧問弁護士を引き受けてる。もうそれは、墓場まで運命を共にするか、途中で消されるかの二択の人生に両足をずっぽり突っ込んだってことなんだよ」

「邦義はいったい何者なんですか？」

「あいつは中坊の頃から札つきのワルでな、地元のブラジル系の不良とつるんで数々の犯罪行為に手を染めていた。最初からヤクザに収まるような任侠精神は欠片もない野郎さ。屋島組で組長を滅多刺しにした後は、つるんでた仲間から教わったポルトガル語を活かしてブラジルに渡って、〈プーロ〉という犯罪組織を立ち上げてスラム街を牛耳《ぎゅうじ》った。もともとあっちのスラム街は何でも強権で解決する巨大な犯罪組織が存在していて、警察も手が出せない状態だった。だが、その支配方法は地区ごとのリーダーに任されてるから、地域によっては支配に綻びが出ているところもあるんだ。そういう旧勢力の弱体化したエリアに新規参入したわけだよ。

今や過激なことで知られるブラジルマフィアの世界でもクレイジーなサムライだと恐れられている。ブラジルに旅行中の日本人旅行者が何組も行方不明になる事件が相次いでるのを知ってるか？　恐らくパスポート目当てで奴らが拉致してる。身分を剝いだ後は、地元の日本人好きに売るのさ。それで地元の人間からは感謝される。捨てるとこなき、あこぎな商売だ」

「日本人は売れるんですか？」

「労働力としてはな。あっちには日本文化がわりと根付いてる。日本人観光客向けの店をやってるギャングも多いし、日本語が話せる奴はそれだけでも重宝されるさ」

「なぜ彼らは通報しないんです？」

「パスポートと携帯を奪われたら、ただの不法入国者だ。見えない檻の中で静かに老いるのを待つしかない。まあとにかく、迂闊《うかつ》に追ったりしたらどうなるかわからん男だ。おまえ、一体どんな理由があってあんな奴の弁護士を調べさせたんだ？」

「それは……」

蘭都は話すべきか迷っていた。このままとぼけたところで、いずれはバレる。だが――。

「バロンがあの絵描きの坊やと石溝光代の周辺を探っていると聞いたが、おまえが井戸田を探ってるのもその流れか？」

「……まだ僕にもよくわからないんです」

「息子よ、いいか、私はおまえをなるべく私たちの世界から遠ざけて育てて来た。おまえが血を見るのも嫌いな男だとわかっていたからだ。だが、いまおまえたちが探っているのは、すすんで血を流しに行くような行為だぞ。わるいことは言わない。もうこれ以上は動くな。何も考えず、自分の仕事に専念しろ」

「……はい」

それ以上の口答えはできるはずもなかった。電話を切り、蘭都は下唇をかみしめた。

そのまま家に帰る気分にもなれず、駅前のカフェに入り、人の流れをぼんやり見ていた。すると周囲の人々より頭一つ分背の高い男が蘭都のほうに向かって走ってくる。最初はただ無目的に走っているようだったが、すぐに蘭都に気づいて叫んだ。

「蘭都さん！」

バロンだ。派手なアロハシャツで走ってくる姿はいつも通りだが、その顔には猟犬になっている時の裏の顔の表情が張り付いている。

「どうした？」

「蘭都さん、ちょうどよかった。少し蘭都さんにも関係があるかも知れないんで、いいですか？　ちょいとヤバいことに」

蘭都はすぐに腰を上げ、バロンの後を追いかけた。体格も大きく、足の長いバロンの後についていくのはそれだけで結構疲れる。ようやくバロンが足を止めたのは、アクトタワーの無人になりやすい死角のコーナーだった。

そこで行なわれているのは凄惨なリンチだった。南米系の男たちが、若者二人をサンドバッグのように殴り続けている。二人はもはや意識がなさそうに見えた。こんな悪趣味なものをなぜ自分に見せるのか、蘭都には意味がわからなかった。

「あのスーツ見てくださいよ、鰐革の……」

たしかに、男たちはみな一様に派手なスーツを纏っていた。

「あれ、ブラジルの新興マフィア〈プーロ〉の奴らです。服装でわかるんです。やられてるのは、最近ここらで勢力を拡大させてた〈銀ユー〉のリーダー格の二人っすね。さっきうちの若いのも一人やられました……」

「あれが、僕に関係あるっていうのはどういうこと？」

「〈プーロ〉のヘッドは、クニヨシ。クニヨシ・イシミゾ。石溝光代の義理の息子っすよ」

「……バロン、彼らが日本に来ていることは、まだ親父たちには言わないほうがいい」

「どうしてですか？」

「何が起こってるのか把握してからじゃないと、無駄なけが人を出す。それは親父たちも望まないだろ？」

　小吹組は無益な争いを好むほど血気盛んな組織ではない。

「僕に任せて。いいね？」

「蘭都さんがそう言うなら」

　バロンは胸を叩いた。蘭都はバロンに別れを告げると、またふたたび蒼に電話をかけた。今度こそ出てくれと祈りながら。

4

　俺はエレベータの中で、さっき予約者リストで確認した部屋の名前を何度も反芻した。ロイヤルスイートルーム。三〇二二。

そこに、石溝邦義と瀬莉愛がいる。なぜ、何のために、瀬莉愛はそこで邦義を待っていたのか。スタッフの反応から察するに初めてのことではないようだった。

三階で止まり、ドアが開いた。

エレベータを降りると、俺は三〇二二号室のほど近くにあるベンチに腰を下ろし、しばらく様子を見守った。張り込みの経験はない。ふつうに生きている人間は張り込みなんてする機会もなけりゃその作法も知るよしもない。

三〇二二号室は三階の通路の突き当たりにある。あまり隠れていても怪しかろうが、堂々としているのも何か違う。ベンチの手前にある柱の陰に身体を隠しつつ、そっとドアを見ていた。だが、ドアが突然しゃべったり逃げたりするわけではない。見るべき相手はその向こうにいる。

中の二人は何をしている？　俺は二人の関係についてあれこれ想像をめぐらした。しょうじきあまり健康に良くなさそうだった。

やがて、男性スタッフが目の前を通過した。三〇二二号室に向けてまっすぐ歩いている。トレイには二つのグラスとワインボトル。シャトーディケム、八六年もの。さしずめ、このホテルの最高級のもてなしといったところか。

ドアの前で止まる。だが、すぐにはノックをしようとしない。躊躇しているのが目に見えた。よく見れば足が震えている。

俺は指を微かに鳴らしてスタッフの注意を引きつけた。彼はすぐに気づいてこちらへやってきた。

「今だけ俺を雇わないか？」

「……と、申しますと？」

「あんたはあの中に入るのが怖い。そうだろ？」

男は驚いたようだったが、できるかぎり取り澄ました顔で答えた。

「いえ、そのようなことは決して……」

「オーナーが大事か？」

「……もちろんです」

「なら、俺と代わってくれ。悪いようにはしない。もし後で瀬莉愛さんに怒られるようなことになれば、俺を悪者にしてくれて構わない」

「オーナーとお知り合いなのですか？」

「だいぶ古い付き合いだ」

彼は俺の顔をじっと見ていたが、やがて覚悟を決めたようだった。

「お願い致します」

俺は自分の服装を確かめた。さいわい今日は白シャツに黒のパンツだからフォーマルと言えなくもない。

「ジャケットと蝶ネクタイだけ借りるぜ？」

俺はトレイを受け取り、スタッフがジャケットを脱ぐのを待った。いったい俺は昼間から何をやってるんだか。

「よし、これでいい」

俺はトレイをもらってさっさと部屋へ突進しようとしたが、スタッフに制止された。

「お待ちください。中のお客様はかなり観察眼の鋭い方です。あまり不慣れですと、かえって危険かもしれません」

「じゃあどうすりゃいい？」

「まずグラスを二つテーブルに置いて、ワインを注いでください。ワインボトルはテーブルに置いて、トレイは置かずに引き上げてください」

「そんなことか。大丈夫、それくらいわかってるさ」

彼を安心させるように肩を叩き、トレイを持って歩き出した。バランスを崩してグラスを落としそうになったのは、恐らくスタッフからは見えなかっただろう。

ノックを三回。

ほどなくドアが開いた。出てきたのは、瀬莉愛だった。着物の裾がわずかにはだけており、髪も昨夜俺の前で見せたようにゴムが解かれていた。彼女は俺を見て目を丸くした。

「ワインをお持ちしました。失礼致します」

「……どうぞ」

瀬莉愛は演技で通すことに決めたようだ。

三〇二二号室はロイヤルスイートルームの称号にふさわしい風格をもった部屋だった。入ってすぐの空間にはガラス張りのシャワールームとトイレ、衣装戸棚のほかには何も見当たらない。そのわりに踊りの練習ができるくらいに広かった。

「なぜ君がここに？」

囁くような声で瀬莉愛が尋ねた。

「従業員ですから」

「……早く出てって」

俺は彼女に構わず仕切りのある左奥へと向かった。そこはベッドスペースだったが、手前の空間の倍の広さがあり、バーカウンターのようなものまで設置されていて、ちょっとしたラウンジのようだった。そして、キングサイズのベッドに、邦義が半裸の状態で、ガウンだけ羽織《はお》り、だらりとした姿勢でテレビを見ていた。

「お寛ぎのところ失礼致します。ワインをお持ち致しました」

邦義は一瞬だけ俺を見たが、あとは無反応だった。

俺は深く頭を下げ、テレビの脇にあるテーブルにグラスを二つ並べ、ワインを注ごうとした。だが、あの従業員は肝心な作業について説明しなかった。ワインオープナーをポケットに入れたまま引き上げたのだ。まあ、ここにいない人間を責めても始まらない。

仕方なく冷蔵庫のあたりに近づいた。およそ冷蔵庫の脇にある棚にグラスやワインオープナーなんかは備え付けがあるものだ。手探りでやっていると、

「ねえあんた、何してんの？」

邦義がゆったりとした口調で尋ねた。恍惚とした喋り方。一人楽園にでも住んでいるような声。マリファナでも吸っているんだろう。そう言えば、煙草にしちゃ匂いが甘い。

「申し訳ございません、オープナーを探しておりまして……」

そう言いかけた時、グラスの奥のほうにオープナーがあるのが見えた。手を伸ばしかけたその瞬間、けたたましい音がした。振り返ると、邦義がワインボトルの首の部分をテーブルの角で叩き割ったところだった。

邦義は、割れたワインボトルから二つのグラスにワインを注ぎ入れた。

「もう行っていいよ」

口元に笑みを浮かべているが、拒絶したら首の骨くらいは平気で折られそうだった。俺は早口で謝罪を口にし、引き上げることにした。すれ違う時、瀬莉愛と視線が合ったが、互いに意図を込める時間もなかった。

俺はドアを一度開けると、外には出ずにいったんドアを閉めた。幸いなことに、ドアに近いバスルームのあるスペースにいる俺の姿は、間仕切りがあるため、ベッドにいる邦義からは見えない。それにカーペットの床だから中で移動しても足音はしない。そのまま息を潜めていると、二人の会話が聞こえてきた。

「ずいぶんなノロマを雇ってるんだな。クビにしちまえ。ワインオープナーも持ってこなかったぜ?」

「あれでも気の利くところがあるのよ」

俺や従業員に話しかける時のさばさばとした感じではなく、女性であることをあえて演じるような口調だった。

「ワインオープナーもなしで?」

「すごく優しいの、彼」

「へぇ?　オイ、まさかアイツに気があるんじゃねえだろうな?」

「馬鹿なこと言わないで」

彼女は愚かな疑惑だと分からせるように苦笑まじりに言った。

男が愚かな嫉妬を引っ込めるかどうか、俺は見極めようとした。だが、聞こえてきたのは、激しく頬を殴打する音と、瀬莉愛の悲鳴だった。

「俺そんな馬鹿なこと言ったか？　ごめんなぁ。生まれつき頭わるいんだわ」

どこか現実感のない歌うような調子だった。また平手打ちをする音。だが、ここで声を上げたり飛び出したりすれば、ことは良くない方向に進むだろう。俺はじっと聞き耳を立てて続けた。

「ごめんなさい……」

「なんで？　おまえは何もわるくないだろう」

言葉とは裏腹に邦義がどんな仕打ちをしているのかは、音が教えてくれる。やがて瀬莉愛が「ごめんなさい」をうまく言えない状態に追いやられているのが伝わる。怒りの燃料にはなるが、いまは燃やせる時ではないという矛盾が俺を苦しめた。

「いいさ。誰にでも間違いはあるよな。おお、よしよし……そうだ、いい子だ」

長風呂にでも浸かったような愉悦に満ちた声で邦義は言う。それからワインを飲み干し、グラスをテーブルに置く音がした。

「それでな、おまえに話がある。おまえそろそろ移ってこないか？　あっちの暮らしも悪くないぞ。あっちに行けばな、もう何も苦労しないで暮らせる。本当だ……痛《いて》っ」

だが、またそこで平手打ちをする音が響いた。

「このクソアマ、殺す気か？」

我慢が限界に達した。俺はとなりにあった巨大な花瓶を倒した。花瓶は床に落下し、きれいに全方位に割れた。中から染み出た水でカーペットが濡れる。

即座にドアを開け、走ってコーナーまで行き、非常口から二階へ降りた。その速度たるやパラシュートでヘリから飛び降りるよりも速かった。高校時代の体育でだってここまでの全力疾走はしたことがない。二階の自室に戻ると、いまが夏なことを思い出したかのように大量の汗が一気に噴き出た。

「生きてるな……シャワー浴びるか……」

身体にへばりつくシャツを脱ぎ捨てて、シャワールームに向かう。頭の中ではさっきの行動をゆっくりスロー再生していた。花瓶を倒し、割れてからコンマゼロ秒で脱出した。後ろ姿も見られなかったはずだ。なのに、妙に落ち着かない。

最終的には、瀬莉愛が口を割ればすべてバレてしまうのだ。どれくらい瀬莉愛を信頼できるのだろうか？　まだ信頼を数値化できるほど知らないというのに。

瀬莉愛が俺を裏切れば、今にもこの部屋に邦義が現れる可能性はあるだろう。もしかしたら、こうして暢気にシャワーを浴びている間にも、奴が部屋を突き止めてやってきているかも知れない。

まとまらない頭であれこれ考えながら、頭に熱いお湯をかけてすべての思考を流し去った。まあいい。ある日、あるホテルの一室で、名もなき画家が死ぬ。今日がその日だ。そんな歴史の一幕があってもいい。

シャワーを止めた。耳を澄ませる。部屋の中の音はしない。

タオルで体を拭くと、外に出た。ベッドに人影があったが、構えられる銃やナイフがあるわけではなかった。

「ずいぶん長い間立ち聞きしていたみたいね」

瀬莉愛が、ベッドの縁に脚を組んで腰かけていた。

部屋をぐるりと見回した。いまのところ、ここにいるのは瀬莉愛だけらしい。

「邦義は一緒じゃないのか？」

「……私たちのことを詮索《せんさく》しないで」

「てっきりここに奴が俺を殺しに来てるものと思ったが……君は優しいんだな」

「勘違いしないで。邦義は今もホテルじゅうを探し回ってる」

「だが、そんな従業員は見つからない」

「そうね。でも君の顔は覚えてる。あの人、記憶力はいいから。私もいまは手分けして探しているふりをしてここに来たの」

「まあ、答えを知ってる君にとってはちょっとした息抜きだ」

「そんな暢気なもんじゃないよ。このまま見つからなければ、私が逃がしたと思われる」

「大丈夫さ。あの男は君に惚れてる。まあ口の使い方にはうるさいみたいだが」

予想できたことだが、彼女は立ち上がって俺の頬を叩いた。両頬ではなかっただけマシというべきか。

「あんたらは長いのか？」

「関係ないわ」

「彼について日本を出るのか？」

「関係ないと言ってるでしょう？」

彼女は入口に向かった。

「私が時間を稼いでおく。その間に出て行って」

「断ると言ったら？」

「なら、この部屋から出ないことね。私から連絡があるまで」

「どっちも難しいな」

「死にたいならお好きなように。とにかく、余計な手出しはしないで。私には私のやり方があるの」

彼女は部屋を出て行こうとした。

「ちょっと待った。これ、昨日の絵。色も足しておいたから。よかったらもっていってくれ」

俺は絵を手渡した。彼女はどうすべきかしばらく迷っていたようだが、結局それを胸に抱えて出て行った。

「額縁には入れてくれよ」

その最後の言葉が耳に届いたかどうかはわからない。その前にドアがギロチンみたいに、無情に俺たちの距離を断ち切った。

考えるべきことは山ほどあった。そもそもなぜ邦義は帰国したのか？　それは絵の問題と何か関係があるのか？　光輝が逮捕されたのも、主治医だった亮平が絵を探そうとしているのも、すべてが邦義の指示だとしたら、その狙いはどこにあるのか？

こう考えていくと、どんどん思考は深みにはまっていく。だが、もっと見たままで考えてみるべきなのか？

たとえば——なぜ光輝を逮捕させなきゃならない？

やはりそこに帰ってくる。光輝を逮捕までさせるのは、光輝が何らかの権利を所有しているからではないのか？

急に目の前が晴れてきた。

「ずいぶん難しく考えすぎてたってことか……」

光代の亡くなったタイミングで発生する権利といったら、遺産相続しか考えられないではないか。我ながら呆れる。

俺は元マネージャーの鈴木に電話をかけることにした。かける前にふと画面をみると、蘭都からやたら着信があった。そんなに俺が恋しいのか。まあ後でかけよう。とりあえず鈴木だ。事務所にかけると呼び出しが長いだろうから、名刺にある携帯のほうにかけた。

「またあなたですか」

鈴木は暢気な調子で電話に出た。運転中なのかスピーカーホンにしているようだった。

「いま一人ですか？」

「ええ、そうですが、どうしました？」

「こういったことをあなたが知ってるかどうかわからないんだが」

「まあ言ってみてください。知らなかったら答えません」

鈴木は意外にもジョークを言うタイプらしい。

「石溝光代の資産に関することなんですが」

「あっはっは、それはさすがに話せませんね。個人情報ですから」

「では質問を変えましょう。あなたは資産がいかほどか知ってるんですか？」

「それも個人情報ですよ？」

「俺はあんたのピンハネの噂を知ってるよ。光輝さんが言ってた」

「し、失礼な……何を馬鹿な……」

予想以上の動揺ぶりにむしろこっちが動揺するほどだった。だが、こう脈があると重ねて圧をかけてみたくなる。

「俺はもともと東京で活動してたんですよ。その頃にマスコミとのコネもできた。このネタはマスコミが飛びつきそうだなぁ」

こいつが光代とのことで何らかのわだかまりを抱いていることは薄々感づいていた。最初はそれが恋情か何かかと思っていたが、ピンハネの話を聞いた時に違う匂いがした。好きな女のギャラをピンハネする奴はいない。コイツは結局、十二年前に一度ギャラで揉めていたにも拘らず、また同じ問題をやらかしたんだろう。だから、光代が死んだことのショックよりも、そのいざこざが表沙汰にならないことに安堵する気持ちのほうが大きかったわけだ。

「ま、待て。そんな大げさな話じゃないだろう。馬鹿げた話だ。資産なんかないよ」

「ない？」

「彼女は文字通りのすっからかんだったはずだ。介護施設に入ったと聞いて、私は入居資金がどこから出たのか不思議に思ったくらいだ」

「本当なのか？」

「こんなことで嘘を言っても私には何の得もない」

「すると……なるほど、大体読めた。恩に着るよ」

「最後に一つだけいいかね？」

「何？」

「くたばれ、クソガキ。二度と電話をかけてくるな！」

通話は切れていた。ありゃ一生金に困って生きるだろうな。どんだけ狡猾に生きてもうまくいかない星に生まれる奴ってのはいるもんだ。俺もそうかも知れないが。

とにかく、光代の資産がからっぽだったというのは本当だろう。そのすべてを〈舘山寺アコーホテル〉に投資してしまったからだ。

しかし——見方を変えれば、光代にとっての財産はこのホテルそのものと考えることもできる。

内線電話をかけた。

「はい、フロントでございます」

電話に出たのは瀬莉愛以外の女性スタッフだった。

「この部屋のベッドカバーが少し臭《にお》うんだが、お宅は本当にちゃんと洗濯をしてるのか？」

「え……まことに申し訳ございません。すぐに伺います！」

「頼むよ。大至急」

勝算があるわけではなかったが、いまは持ち駒全部を使って勝負をかけないとどうしようもない時だった。

やがて現れた女性スタッフは、何度かフロントで顔を見たことのある女だった。

「申し訳ございません、チーフマネージャーの斎藤と申します。ベッドが臭うと伺いましたが、具体的にどのような……」

「なんで部屋に入ってすぐわからないんだ？　俺を馬鹿にしてるのか？」

わざと低い声ですごんでみせる。斎藤はかなり戸惑っているようだった。

「す、すみません……今すぐシーツを取り替えますので！」

「まさか、それくらいで許されると思ってんの？」

「……と仰いますと？」

「小吹組の口利きで泊まってる俺に臭《くさ》いベッドをあてがったってことは、小吹組に喧嘩売ってるようなもんだよ」

「そんな……滅相もありません……どうかお許しを」

彼女は何度も深く頭を下げた。

「なら、洗いざらい教えてくれるか？」

「何をでしょうか……」

「ここのオーナーは石溝光代からどういうわけか改修費を投資され、ホテルを建て直した。その金は本来なら二人の息子に相続されるはずのものだったが、光代さんはそうせずにこのホテルの改修費に投資した。ほぼ全財産をね。そこまではいい。彼女には彼女なりの理由があったんだろうさ。問題は、その長男、石溝邦義がこのホテルに出入りしていることだ。何か事情を知らないか？」

「わ、私は一介の従業員にすぎません……」

「だが、みんな石溝邦義の恐ろしさを知ってた。事情を何も知らずに、あの恐ろしさと勝手な振る舞いを受け入れるのは無理だ。恐らくオーナーは、あんたたち従業員の全員とは言わずとも、信用できる何人かには事情を打ち明けているはず」

「……それを話せと仰るのですか？」

「あんたがオーナーを大切に思うのなら、そうしてくれ」

彼女は迷っているようだった。が、やがて覚悟を決めたように口火を切った。

「――一年前でした。私どもは朝のミーティングの最中でした。その時に、初めて邦義さんたちがやってきたのを見ました」

「なぜ彼らはここへ？」

「オーナーを脅しに来たのです。邦義さんによると、光代さんは認知症の診断を受けていて、瀬莉愛さんが設備投資を受けたときはすでに認知症を発症した後だったというんです」

「何だって……？」

認知症の診断が出たのは、一年前。邦義は一年サバを読んで伝えたことになる。

「つまり、認知症患者の金を巻き上げた、というふうに迫ったわけか？」

思ったより頭のいいやり口だった。

「そうです。詐欺罪が成立するぞ、と脅していました。我々従業員の目の前で起きたので、みんなの知るところとなりました。ほとんど脅迫でした。彼らは認知症の診断書もすでにあると言いました。瀬莉愛さんは、光代さんと話がしたいと言いましたが、認知症患者に何を聞いても無駄だと」

「ひどい話だ」

「しかも、すでに施設に入居しているから話させることはできない、と……」

ようやく理不尽に思われた光代の介護施設収容の理由がわかった。彼女は邦義の画策で強制的に入居させられ、外界との連絡手段を断たれてしまったのだ。

それもこれも、光代の投資資金を回収するため。馬鹿げた計画だ。

「でも、すでにお金は設備投資に使った後です。返せと言われても返せません。土地を抵《てい》当《とう》に入れろ、とか臓器売って返せ、とかいろんな脅し文句を囁いていました。きわめつきは刑事告訴です」

「詐欺罪で本当に刑事告訴すると？」

「邦義さんは言葉巧みでした。後ろに弁護士の男性を同伴させていたのが説得力を増したのもあるかもしれません」

信じてしまう気持ちも理解はできた。たとえただの脅しに過ぎなくても、さまざまな方法で営業妨害をしてくるのは目に見えていたことだろう。

「で、すぐ返せない代償が、瀬莉愛さんか？」

「……そこのところについては、私たち従業員は誰も知らないんです。邦義さんと瀬莉愛さんの間にどんな取り決めがあったのかは誰も……ただ、数カ月おきに、ああして帰国されては邦義さんは瀬莉愛さんのもとにやってきます」

俺は右のこめかみに軽く手を当てた。血管が浮き出ていないか確かめるために。

5

斎藤を廊下に送り出してドアを閉めると、すぐに蘭都に電話をかけた。

「奇遇だな、僕も君に何十回目かの電話をかけなきゃと思っていたところだ」

「運命的だな。赤い糸で結ばれてるのかもしれん」

「フォンに譲るよ」

「その名を今出すな」

「ん？　揺らいでる？」

「そういうことじゃない。で、なんで俺に何回もラブコールをしてたんだ？」

「ミーナが白状した。光輝さんはハメられただけだ。彼女に指示を出したのは、井戸田という弁護士で、こいつは石溝邦義の顧問弁護士もしている」

探していたピースがうまく収まった感じだが、欲を言えばもう少し早めに欲しかった。他にも蘭都は邦義が〈プーロ〉という組織のトップであることなど有益な情報を淡々と報告した。いずれも現状の危機をくっきり浮き彫りにするものだった。

俺のほうもつかんだ情報を伝えた。

「なるほど、瀬莉愛さんが遺産の担保にされた、か。だが、それなら光輝さんを逮捕させる理由もない」

「ああ、たしかにそうだな……そう、何だかもやもやするんだよ」

すると電話の向こうでふっと蘭都が笑う。

「やけに苛立ってるね。瀬莉愛さんに惚れたの？」

「人を花咲かじじいの犬みたいに言うんじゃねえよ。そんな簡単に惚れてたまるか」

「でも怒ってる」

「俺は人を物みたいに扱う奴とカボチャの甘煮《あまに》が大の苦手でね」

「カボチャの甘煮も苦手だとは知らなかったな。家に戻ったら最初に出さないとね」

「間に合ってるよ。とにかく、いまこのホテルには邦義がいる。瀬莉愛をブラジルへ連れ帰ろうと誘っていた」

「彼女の反応は？」

「それは……」

俺は黙った。冷静に考えれば、彼女が邦義を拒否している場面を見たわけではないのだ。彼女が邦義をどう思っているのか、俺はまるで知らない。

「もしも二人が相思相愛なら、そこは僕らが首を突っ込むところじゃないよね」

「それはそうだが……んなわけないだろ」

「なぜ？　根拠は？」

「それは……」

「まあそれはさておき、僕はこの件、弁護士が絡んでいるのが一つのポイントだと思う。ヤクザが弁護士を雇うのは、法の抜け穴を探させるためだ」

コイツが言うと妙に説得力がある。小吹組だってクリーンな仕事ばかりしているわけではないだろうし、弁護士を使ってもみ消す事案もそれなりに抱えているんだろう。

「光輝さんの冤罪事件が、何かべつの目的のために、法律上都合がいいってことは考えられないかなって思ってね。僕もよくわからないけど、なんか、そこが一番肝心な気がしてしまうんだ」

俺は蘭都の言葉の意味を考えた。無実の光輝を逮捕させることで達成できる目的って何だ？

「まあとにかく、僕は明日の算段を考えるからそろそろ切るよ」

「算段って何だよ？」

「君を篠束組に渡すと約束した。舘山寺でね」

「そりゃずいぶん好都合じゃないか。どうせなら〈舘山寺アコーホテル〉にしたらどうだ？」

「じつは昨日そうしたところだよ」

「毎月ソファ賃貸料を真面目に払ってる俺を売る気か？」

「悩んでる。友人が痛い目に遭うのはさすがに僕も気が進まないからね。腕だけ切って差し出すか、とか」

「サイコパスかよ」

蘭都は楽しげに笑った。何が楽しいんだか。

「あともう一個、重要な謎もあるよね。そもそもなんで光代さんは瀬莉愛さんに投資したのか」

「自分の老後のためだろ？」

「うん。それがなんで瀬莉愛さんだったのか」

「ん？　……どういうこった？」

「おっと、次の客だ。電話を切るよ。じゃあね」

「ちょっと待っ……おい……」

電話はすでに切れていた。なんでどいつもこいつも俺のタイミングで電話を切らせてくれないんだろう？

6

部屋をうろつきながら考えた。光輝の誤認逮捕が法の抜け穴として必要だと蘭都は踏んでいるようだ。そしてそこに絵が関わっている、と。どんな根拠でそんなことを言いやがる、とも思うが、法に携わる人間である弁護士が駒の差配をしているのなら、それは一つのロジックとして有効かも知れない。たとえば――。

考え始めたところで、電話が鳴る。バロンからだった。

「生きてます？」

開口いちばん、やけにでかい声でバロンは言った。

「死人が電話に出るかよ」

「よかったです。それより、邦義が帰国してるんですよ」

「知ってるよ」

「いや、邦義だけじゃないんす。厄介な連中と帰国してますよ。南米のヤクザたちっす。いま街のあちこちでそいつらが乱闘騒ぎ起こしていて、俺たちもいい迷惑っすよ。あんなのと一緒にされて、同じブラジル系だってだけでさっきなんか店の親父に睨まれたりして」

「そりゃ災難だな……」

「そんなわけなんで、蒼さんもじゅうぶん気をつけてください。なるべく部屋から出ないように」

「ああ、わかったわかった。おまえは俺のおふくろか」

このホテルに邦義がいることは切り出せないまま電話を切った。何を考えていたんだっけ？　そもそも考えるべきことが多すぎるのだ。まだ解明しきれていない謎は山積みだ。

篠束組が俺を追い始めた理由が、絵に大串が描かれているからだとして、それが今になってまずい状況となったのは何故なのか？　浮気が妻にバレるのを恐れていると単純に考えかけたが、それにしては探し方が大げさすぎる。何か、べつの動機があるはずなのだ。

また、篠束組の行動が、大串の意志によるものなのかも気になるところだ。大串の意志か、勝手な忖度か、それによっても大きく意味は変わってくる。

それと、ほぼ同時期に澤本亮平が俺に絵を探させようとした理由。しかもそれをやめて次は新たな絵を描いてくれと言う支離滅裂ぶりをどう解釈するべきか。過去の絵でも新たな絵でも、とにかく石溝光代の絵がほしいという澤本亮平の狙いはどこにある？

そして——石溝光代はそもそもなぜ瀬莉愛に出資しようとしたのか。

考えれば考えるほど、わけのわからないことばかりだったが、一つ、たしかなことがある。俺がいま、たまらなく眠たいということだ。

「ふぁぁああ……」

スマホをいじり、フォンのＬＩＮＥアカウントを表示させた。「おやすみ」とメッセージを打つのは簡単だ。たとえ返事が返ってこないとわかっていても、そういう爆弾を投下するのは指一本でできる。

だが、言葉を一つ費やすたびに、何かがすり減る。そんな気がして迷っていると、電話が鳴った。澤本からだった。次の受講日の予約だろう。だが、今はまったく奴と話したい気分ではなかった。出ずにいると、五コール目で切れた。その前に何を考えていたかは、もう忘れてしまった。

眠りの世界に片足を踏み入れた時だった。そうか……。蘭都の言っていた、光輝の誤認逮捕が法の抜け穴として必要な理由。もしも、あの絵の所有者こそが全財産を受け継ぐ者という遺言があり、その遺言がいまも有効だとしたら？

そうなれば、今になって肖像画がこんなにも探される理由がわかる。

だが——その先を考え始めるのは夢の中になりそうだ。とにかく明日は祭の当日だ。ここに邦義が押しかけて殺されるなら、寝ている間にそっと頼む。

何はともあれ、まあ生きていた場合だが、明日に体力を備えておかなきゃな。

第八章

1

眠っても眠らなくても次の日はくるが、眠ればサプライズのように次の日に出会える。それに体調は明らかに改善されている。前の日に睡魔に抗わなかった自分を褒めてやりたかった。

〈舘山寺アコーホテル大衆演劇祭〉の当日になった。

〈舘山寺アコーホテル〉では、大宴会場で毎年恒例の大衆演劇が上演されている。プログラムは朝から晩まであって、数組の劇団が入れ替わり立ち替わりで演目をやる。客は宴会席で食事をしつつ、それを観る。ときには野次も飛ぶ。そういう祭りだ。

上演会のメインとなるランチタイムでは、昨年までの光代の一人舞台に代わり、今年は〈松下《まつした》雲母《きらら》〉とかいう舞台女優が一人舞台をやるらしい。プロフィールを見るにまだ経歴というほどのものはなく、駆け出しのようだ。こんなので客が集まるのかと心配になるが、演目は光代オマージュで『凡将』をやるというから、古参客は喜ぶかもしれない。毎年満席だった会だ。今年光代が出ないからと言って、急にガラガラになることもないのだろう。

澤本亮平から電話があったのは朝の六時だった。年寄りは朝が早いというが、コイツの場合は今日が特別だったのかも知れない。

――絵を受け取りに行きたい。

――よほど絵が恋しいらしいですね。

俺はスケッチを取り出した。想像だけで描き直した石溝光代の肖像は、まだ半分も完成していない。それどころじゃなかったのだ。

〈舘山寺アコーホテル〉にいると告げると、亮平は部屋番号を尋ねた。

――昼に取りに行く。

――昼ってのは、俺の理解では午後二時のことだが合ってます？

――君の理解は無理解というんだ。昼といったら十二時だ。

世の中、医者ほど昼の時間は固定じゃないんだぜ、と思ったが、そうは言い返さなかった。そんなわけで、俺はいま、ベッドの上でとにかく猛スピードで筆を動かしている。

亮平は一人で来るだろうか？

瀬莉愛が口を割っていなければ、邦義は俺が何者かも知らず、もちろんここにいることにも気づいてはいまいが、亮平が邦義の手足となってこの案件で動いているのなら、当然邦義にも報告がいくだろう。その時、邦義は前日の花瓶の一件を思い出さないと言い切れるだろうか？

そういや、今頃蘭都も篠束組との交渉に動いている頃か。

アイツはうまくやれるだろうか？　うっかり俺を差し出してしまわないとも限らないよな。何しろ、力ずくで来られたらあんな痩せっぽちなんてひと溜まりもないし、暴行に屈さずにだんまりを決め込むような無駄に根性の据わった真似はしてくれるなとも思う。

「まあとにかく、お互い無事で一日終われるといいな」

誰にともなくそう言った。

2

正午になるその前から、俺はじっと自室のドアを見ていた。当たり前のことだが、拳銃は持っていなかった。電気スタンドをもったりするのも憚《はばか》られ、結局は手ぶらでいた。

人間、手ぶらでいる時ほど、自分という人間の可能性に思いを馳せる時はない。そして、暴力的に命を奪われる危機に際して、手ぶらの自分はまったく可能性のない粗大ごみに等しかった。筆を持っていないときの絵描きなんてそんなものだ。ただし、無力な自分を受け入れると、いいこともある。腹が減ったり、珈琲が飲みたくなったりするのだ。

間もなく正午だが、さすがにぴったりには来ないだろう、と高をくくって備え付けのペットボトルのミネラルウォーターをポットに入れ、プラグを差し込んで湯を沸かし始めたところで、ノック音が響いた。

ドアスコープを覗く。澤本亮平が立っていた。辺りを見回すが、他に人は映っていない。ドアを開けると、亮平はゆったりとした足取りで入って来て、勝手に椅子に座り足を組んだ。さすが昔ながらの町医者、どこでも王様気取りだ。椅子ってのは相手に促されてから座るもんなんだぜ？　便座じゃないんだから。

「それで、絵はできたのかね？」

「その前に教えてくれますか、なぜ昔描いた肖像画じゃなくていいのか」

「見つかりそうにないからさ。それなら、かつて彼女の肖像画を描いた画家にもう一度記憶を掘り起こして描いてもらえばいい。合理的な解決だろう？　石溝光代の生前の姿が絵になることに変わりはない。価値は同じさ」

「つまり、あなたの狙いは、石溝光代が絵画になっていること、だと」

「そういうことだ。電話でも話したはずだが？」

「しかしそれは妙だな。価値に重きを置くなら、べつに石溝光代に固執しなくたっていい。価値の出る絵を探せばいいんですから。わざわざあなたが石溝光代の肖像画に固執する理由が知りたいですね」

「理由などないとも」

言葉とは裏腹に、亮平の表情にわずかながら苛立ちの色が見えた。

「理由なく、売れっ子だったわけでもない女優の肖像画に固執するのは、よほどの物好きに思えますよ？」

「……君はずいぶんと口うるさい男だな。もういい。君の質問に答えてやるサービスの時間は終わりだ。さあ、絵を出したまえ」

俺は澤本亮平をじっと見据えた。わかっていたことではあるが、見れば見るほど、いけ好かない顔だった。細部が微妙に息子のほうに似ているところも含めて。

「――やめた」

「何だって？」

「やめたやめたやめた。絵はあんたに渡さない」

「……何を考えている?」

「何も考えちゃいないよ。俺はただ面白いことしかしたくないんだ。想像で描いただけの絵を肖像画とうそぶいて手渡すなんて、馬鹿げてるしつまらないね」

「報酬がほしいんじゃないのか? 生活に困っているはずだろう?」

「わるいな、最初の調査費と、あんたの息子にもらった授業料で当面生きられるよ。俺の人生はあんたの想像を絶するほど安上がりなんだ」

亮平は目の前で俺が絵をびりびりと破り捨てるのをしばらく黙って眺めていたが、冷静でないことは、握りしめて白くなった拳を見ればよくわかった。

「いいだろう。では取引は不成立だな。いいか、落ちぶれ画家、おまえは一生後悔することになる。嘘じゃないぞ」

「あんた、自分の治療に従わない患者にはそんなことばかり言ってんのか? この薬飲まないなら余命三カ月ですよ、苦しんで死にますよって? 本当にやってそうだなぁ」

亮平は俺を向こう二十年分睨みつけてから部屋を出て行った。代わりに静寂が帰ってきた。

また、ノックの音がした。

俺はふたたび珈琲の準備にかかった。

「まだ何か話があんのか? もういいだろう」

俺はドアの外にまで聞こえるように大きな声で言った。

しかし、またノックの音がする。

舌打ちをしつつも、結局俺はカップを置いて、結局ドアを開けた。

「少し早いが、後悔する時間がきたぞ？」

立っていたのは亮平ではなく、石溝邦義とその部下たちだった。邦義は例のしまりのないニヤニヤ笑いを浮かべていた。一発キメてから来たのか。

「早すぎるな、まだ珈琲を飲んでない」

「それはおあいにく様だな。覗き趣味の絵描きさん」

「……待ってくれ、それは誤解が……」

最後まで言い終わらぬうちに殴られ、吹っ飛んだ。南米系のいかつい男の一人が俺の襟をもって即座に立たせる。緑色のアフロヘアがブロッコリーに見えるのは俺の視界が歪んでしまったせいか？

「おいお前ら、殺さない程度にいたぶってやれ」

言いたいことはいくつもあった。ノックをするならついでに名乗れよとか、なんで手下の髪はこんなカラフルなんだとか。だが人間、顔面を殴打されると、悪態フォルダが空っぽになるらしい。

　俺はこれから数時間の地獄を想像した。そして、せめて麻酔をかけてから拷問を始めてくれないかと切に願った。俺は痛みに弱いのだ。

　もちろん願いは届かなかった。奴らに麻酔薬を入手する暇はなさそうだったし、あったとしても俺に投与するような優しさはなさそうだった。

　何もかも洗いざらい告白するにじゅうぶんな痛みが身体中を襲っていた。男たちの固い革靴があばらを何度も直撃し、ときには内臓を痛めつけた。いちばん容赦のないのはブロッコリーみたいな頭の野郎だった。もう俺が自分をサッカーボールと信じかけた頃合いになって俺にまたがり、顔面に拳をめりこませてきた。おかげで、俺はふたたび自分がサッカーボールではないことを思い出させられた。

　そうして七、八分のあいだ続いた地獄のような拷問に、突如しばしのカンマが打たれた。様子見だろうか。あるいは、これが「殺さぬ程度」のラインなのか。

　邦義は俺の前にしゃがみ込み、髪をつかんで項垂れた俺の顔を持ち上げた。

「いま絵を描くか、死ぬか、どっちか選べ」

　いくら鈍い人間でも、ここまではっきり言われればわかる。やはり澤本亮平は邦義の手下で、絵をほしがっていたのは邦義。俺はへらへらと笑うと、邦義の顔に唾を吐きかけた。

「つっ……交渉不成立ですか。売れない絵描きさん、アディオス」

それから奴が部下に飛ばした指示が日本語だったかポルトガル語だったかもわからないほど、俺の頭は朦朧としていた。とにかくその後数分間にわたって俺が理解させられたのは、映画でよくやるような啖呵《たんか》の切り方は、絶対にするもんじゃないということだった。

3

フロントの女性が瀬莉愛なのかどうか、蘭都には自信がなかった。ただ、いかにも蒼が好きそうな目をひく美人ではあった。フォンに限らず、蘭都は蒼が昔から街で振り返ってまで見る女のタイプをおよそ熟知していた。彼女は、フォンとは趣《おもむき》がちがうものの、蒼が振り返る類の顔立ちではあった。

「大宴会場はもう開いてますか？」

「もうたくさんご来場されています。ご案内しますね」

「すみません」

蘭都は女のあとに従った。

「昼の催し物はもう始まっていますか？」

「いえ、『凡将』でしたら、十二時三十分から上演となっております」

時計を見る。あと十五分ほど時間はあるようだ。蘭都はこの間の電話で、大衆演劇祭の昼の部が上演されるタイミングで濱松蒼を渡す、と約束していた。つまり、十五分後がその時間ということになる。

長い廊下を通り、突き当たりにある扉を押し開く。

途端に――ほのかに甘くフルーティな香りが漂った。

これは――。

女の言うとおり、宴会場は大勢の人でごった返していた。これから始まる観劇にあれこれと期待を胸に秘めた人々が、夏のひと時、憂《う》き世を忘れようとここに集まっているのだ。

「お席はお決まりですか?」

「いえ、ちょっと人と待ち合わせをしているので、ここで大丈夫です」

篠束組からは昨日の夜に連絡があった。そこで、宴会場を指定し、入口付近でと告げておいたのだ。

「ではごゆるりとお過ごしくださいませ」

女は笑顔で、しかし足早に立ち去った。今日がイベントの日で目も回るような忙しさだからだろう。

「早いじゃないか」

女が離れたタイミングを見計らったかのように声をかけられた。見れば、癖毛頭をポマードでどうにか伸ばした矢内を先頭に、村井、いまだ名を知らぬ背の低い男が揃っていた。

「だが、一人というのはおかしいな。俺は濱松蒼を連れて来いと言ったはずだぜ？」

「ああ、そのことだけどね。わるいけど、蒼の行方は教えられない」

「寝言言ってんじゃねえぞ！」

矢内の声が一オクターブ低くなった。周囲の人間が振り向くほどの大声だった。

「目は覚めてるつもりだよ。ただ、僕はできないことはできないと言っている。いろいろ考えたんだ。べつに彼は僕を友人とは思ってないだろうし、僕にとっても友人というよりは間借り人だからね、言われたとおり連れてきてもよかったんだけど。でも、そうすると来月からソファの賃貸料を払う間借り人がいなくなる。これ、けっこう深刻なんだよね」

「冗談は自分の命と秤《はかり》にかけてから言ったほうがいいぞ」

「僕の秤はもともと壊れているんだ。それと、手荒な真似はしないほうがいいよ」

矢内はその言葉で何かを敏感に察知したようだった。この男もそれなりに修羅場を潜り抜けてきたのだろう。相手の雰囲気から何かがあると判断できるタイプだ。

「おまえ、何者なんだ？」

「君たちはまだちゃんと表札を確認してないみたいだね。小吹って苗字を聞けば、だいたいの事情はわかるんじゃない？」

「まさか……あの小吹組の？」

矢内たちは蘭都から距離をとり、周囲を見回した。だがもちろん、そんなふうにしてもわかるようなところに小吹組の刺客が隠れているわけではない。というか、蘭都にもどこに小吹組の人間がいるのかわかっていない。経験則から、どうせいるんだろうな、と考えているにすぎないのだ。蘭都の父は心配性だ。一度、彼の嗅覚が危険を察知したら、何が何でも息子の安全を確保しようとする。そういう人なのだ。

「とにかく、蒼の行方は教えられない。それと、ここで僕に手を上げれば、小吹組と全面戦争になる」

矢内たちは顔を見合わせた。村井の顔色はとくに青ざめていたが、それでも即座に引き下がる気はなさそうだった。

やがて、矢内は声を絞り出すようにして言った。

「そうはいかないんだ。一人の人生がかかってる」

「どういうことですか……？」

篠束組の連中はなおも周囲を不安げに見回しながら言った。

「時間がない。協力を頼みたい」

「事情を話してください。あなた方には事情があり、僕にはそれを聞く耳がある」

4

意識は深い霧の中を彷徨っていた。霧ヶ峰《きりがみね》高原周辺よりもずっと濃い霧だったが、不安はなかった。だが、その霧の彼方から、蒼サンシッカリというバロンの声が聞こえてきた。しょうじきなところ、霧の中で迷子になっているほうがラクだった。そこにいれば痛みを忘れていられる。だが、バロンの声は俺を現実に引き戻した。

「バロン……」

「大丈夫っすか、蒼さん！　死んじゃダメっす！」

「死なねえよ、痛っ……」

意識の回復は同時に激痛の復活も意味していた。みろ、だから霧の中がよかったと言ったのに。

「動かないほうがいいっすよ、痣《あざ》だらけっすから」

意識が戻るにつれ、耳のチューニングが整ってきた。なぜこのなかで意識を飛ばせたのか不思議なくらい、すごい騒音で溢れていた。まるでビルの解体現場にでも居合わせたみたいだ。見れば、狭い部屋で鰐革のスーツをまとったブラジル人たちと日本のヤクザたちが取っ組み合いをしている。凶暴なオーケストラ。指揮者はどこだ？

そのとき――蘭都がドアの向こうに見えた。

蘭都は俺の顔をみておかしそうに笑い、出てくるように顎で示した。俺はバロンに助けられながらどうにか這いつくばって進んで外に出た。その進路を邪魔しようとする敵兵をバロンが蹴り飛ばし、またバロンも蹴り返されて戦いが始まった。

「蒼さん、とにかく外へ」

「すまんな」

俺ごときが助太刀《すけだち》してもしょうがない。バロンなら何とかできる。俺は痛む身体で這いつくばるようにしてどうにか廊下に出た。

「邦義の姿がない。乱闘の隙に逃げたみたいだ」

蘭都はすました様子で答えた。

「この軍団は小吹組のか？」

「小吹組と、篠束組の連合軍だよ」

「連合軍だぁ？　なにがあったんだ？」

「事情を説明するのは後にして、とりあえず邦義を探したほうがいいんじゃない？　さっきから窓の外見てるけど出て行った様子はない。おそらく、彼のお抱え運転手もここにいるから、奴は足がない状態だろう」

「となると……」

「階下では大衆演劇祭を上演中だ。あれほどの人ごみなら、さぞ隠れやすいだろうな」

痛がっている場合ではない。俺は痛みをできるだけ意識の彼方に追いやって立ち上がった。時は一刻を争う。

「行くか」

「本気？　そのボロ雑巾《ぞうきん》みたいな身体で？」

蘭都は笑いつつも俺についてきた。

歩きながら、蘭都は篠束組から聞いた話を伝えてくれた。

「篠束組が動いていたのは、瀬莉愛さんを守るためだったんだ」

「意味がわかんねぇ。どうして瀬莉愛を守るために俺を捕らえようとしたりするんだよ？」

俺の想像したこの一連のからくりの中には、瀬莉愛の居場所なんかなかった。なかったはずだ。

いや待てよ……。

一つだけ疑問に思っていたところがあることはある。

なぜ、光代がわざわざ投資する先に瀬莉愛を選んだのか。

ここに、篠束組が瀬莉愛を守る理由があるということか？

「瀬莉愛さんはね、光代さんの隠し子なんだよ」

「か……隠し子……？」

瀬莉愛を描いていたとき、なぜか光代を描いたときの感覚がよみがえったのを思い出す。威圧的でもあり、同時に何もかもが許されているような、不思議な力強さに満ちた二人の眼差しに同じ匂いを感じ取ったからだった。

その共通性に、生物学上の根拠があったということか。

「僕らの生まれる前に起こったスキャンダル、あの一件で、光代さんが身籠もったのが瀬莉愛さんだった。その後、芸能界を引退してひっそりと出産を終えた彼女は、親友である〈舘山寺アコーホテル〉先代の女将に預けて育ててもらった。古くなった建物の改築に巨額の投資をしたのもそのためなんだよ。光代さんはたぶん、邦義が自分の遺産をろくなことに使わないことがわかっていたから、瀬莉愛さんに投資したんだろう」

考えようによっては、もっと早くにその可能性に気づくべきだったのかも知れない。親子ならば、投資するのも納得できる。彼女は大串との間にできた子に、すべての遺産を相続させる気でいたのだ。光輝は欲がなさそうだから、それに反対もしなかったのだろう。

「わかったぞ。つまり光代さんは瀬莉愛にやった金を邦義が回収しにこようとするのに備えて、遺書に〈私の肖像画の持ち主が全財産を相続すること〉というような内容を書いたんだな？」

「そういうこと。それが、今回の騒動の発端だった」

「だが、だったら瀬莉愛が絵を持っているってことになるよな？」

「遺言が瀬莉愛さんのために書かれたのなら、そうでなくちゃならない。ただし、遺言に瀬莉愛さんの名前が出てきているわけではないから、実際は誰にもわからないんだ」

「だけど、光代が瀬莉愛に不利な遺言なんか書かないだろうし、瀬莉愛が持ってるって考えるのが順当だろ？　だったらなんで俺が篠束組から追われるんだ？　邦義や、邦義と結託して光輝をハメた澤本亮平が絵を探すのはわかるが、篠束組の連中は絵の在処がわかってたんじゃないのか？」

「それが、知らないようなんだ。彼らにわかってたのは、相続人が肖像画を持っているってことだけだった。そもそも、大串勝男さんの命令で、瀬莉愛さん自身には内緒で動いてるようだからね。だから、瀬莉愛さんのために君を捕まえようとした。絵を見つけさせて、遺産を没収させないために」

「ふうん……なんつうか、馬鹿なうえに過保護だな。彼女は自分の身は自分で守れる女だよ」

俺は昨日の会話を思い出していた。

——余計な手出しはしないで。私には私のやり方があるの。

彼女が邦義に尽くしている姿に嫌悪感を抱いて冷静に考えられなかったが、あんな時でさえも彼女は冷静に自分の立場を考えて行動していたのだ。

「たしかに、君の言うとおりかもしれないね」

蘭都は大宴会場のドアを開いた。会場内は、すでに上演中とあって照明が仄暗くなっていた。ドアを閉めると、蘭都はふと足を止め、目を閉じ、鼻をかすかに動かした。

「ドクダミのアロマが強くなった」

「……どういうことだよ？」

「気づかなかった？　この宴会席、ドクダミのアロマの香りが焚かれてる」

「ドクダミって臭いアレだろ？」

「ちがう。ドクダミは和ハーブの一種といわれているんだけど、刻んでエタノールに浸して数カ月経つと、甘い匂いに変わるんだ」

情けない話だが、俺は蘭都の言う甘い匂いとやらにまったく気づかなかった。それどころではなかったのだ。

「食事の匂いに配慮してのことじゃないのか？」

「それなら、もっとべつのアロマが有効だ。匂い消しにドクダミを使うというのはあまり聞いたことがないな。何か意図があるのかも知れない。たとえば、ドクダミはラテン語でcordataという。心臓形の、という意味で、これは葉の形が心臓に似ているからと言われる。つまり、ドクダミの香りを漂わせるということは、心臓のメタファーとも考えられる」

「心臓のメタファー、か。その心は？」

「たとえば、心臓に気をつけろ、という宣戦布告とかね」

「ずいぶん洒落た宣戦布告だな。そんなのおまえくらいしか……」

「それだけじゃない。ドクダミには『白い追憶』という花言葉がある」

「白い、追憶、か」

「仮に今夜、何者かを追憶の彼方に追いやろうとしているとしたら？」

蘭都がなぜここにいるのかを俺は理解した。そして、探すべき相手が邦義ではないことも。

俺は通りかかった従業員に尋ねた。

「瀬莉愛……オーナーはどこにいる？」

「オーナーなら……ああ、ほら、いま開く幕の向こう側です」

なぜか誇らしそうに彼女は言った。

「幕の向こう側……？」

「ええ。今年は光代さんが亡くなられたので、演目に穴が開いたんですよ。それを埋めるには自分でやるしかない、と」

俺は舞台に目を向ける。

いま、まさに舞台の幕が上がろうとしていた。

拍手が沸き上がる。

「今日『凡将』を演じる女優の松下雲母ってのは、瀬莉愛のことなのか……」

光代の血を、そして与えられた役を演じ切る意志を、受け継いだ女。考えてみれば、これほどふさわしい代役はほかに見当たらない。

壇上は中央の人物にのみ照明が当たっていた。そこに、侍の着物を着て短剣を脇に差した男装の瀬莉愛が、脇差の刀に手を当てた構えのポーズで客席を見据えている。それから、刀を抜き、見事な刀捌きを披露してみせると、たちまち喝采《かっさい》が沸き起こった。

かつては石溝光代が一人舞台でやっていた演目を、いま、娘の瀬莉愛がやるのだ。

「凡将」と呼ばれた源範頼は、言ってみれば芸能界で日の目を見なかった光代の半生を代弁するキャラクターだ。我がままで、短気で、しかし才気に溢れてもいる。なのに、決定的に立ち回りが下手な男。天下も取れず、やがては朽ちてゆく運命にあるこの「凡将」を、光代はかつて何度も熱演した。

その遺志を継ぐ女は、舞台の上で、きりりとした眼差しを客席に向けている。

その視線の先を――追ってみた。

宴席の中央。

そこに、邦義の姿があった。

血のつながらない兄妹。邦義はそんなことも知らずに、金の亡者となり、群衆に紛れている。仲間がやられた今、奴はせめてこのホテルだけでも自分のものにして帰らないと気が済まないだろう。瀬莉愛をブラジルに連れ帰ろうとしているのも、愛しているからではない。このホテルにかかった金を回収するためなのだ。

金のない身になれば、いま傘下《さんか》にいる男たちは邦義のもとをただ去るだけではなかろう。

その時は、邦義が破滅する時なのだ。

だから、邦義はここにいる。

対して——その邦義に、瀬莉愛は壇上からまっすぐに刀を向けている。たまたまか、意図してか、その切っ先は、たしかに邦義の心臓に向けられていた。

観客が歓声を上げるなか、邦義が移動し始めるのが見えた。奴が向かっている先は、楽屋裏であろうと思われた。実力行使に出る気でいるのだ。

瀬莉愛、あんたはどういう決断をする気なんだ？

鼻孔をくすぐる「白い追憶」。

その匂いが、彼女の決断を雄弁に語っていた。

第九章

1

楽屋裏へと向かう非常扉の前に従業員がしゃがみ込んでいた。たったいま、突き倒されたといった感じのくずおれ方だった。

「邦義を通した？」

俺の質問に、彼女は涙を浮かべた。頷くほどの判断力もなくなるほど動転しているのだ。だが、答えは聞かずともわかっていた。

扉を押し開けると、段ボールが左右に積まれた狭い通路がある。

そしてその向こうに、また扉。

構造から考えるに、ここが本番直前の控え室だろう。劇団員たちが着替えをしたり舞台化粧をしたりするための部屋だ。しばらく進むと、また一人、スタッフが頬を赤く腫らして倒れていた。

俺はもう何も尋ねなかった。その先にいる者を追う。それだけのこと。

耳を澄ます。壇上ではまだ瀬莉愛の台詞が続いている。

俺は音を立てぬようにドアノブを回し、そっと押し開けた。そこには邦義の背中があった。両手をポケットに突っ込み、舞台袖に瀬莉愛が戻って来るのを待っているのだ。

やがて、三味線の音色とともに客席から拍手が起こる。幕間だ。舞台から降りた瀬莉愛は、その先にいる邦義を見つけると、手にした刀をまっすぐに構えた。

だが、邦義は、彼女の決意にまだ気づいていないのか、ポケットに手を突っ込んだままだ。瀬莉愛が自分に刃向かうなんて毛ほども想像していないのに違いない。

「お疲れ。おい、ブラジルへ行くぞ。五分で支度しろ」

「……何を言ってるの？　まだ舞台の途中よ？」

「どうせ誰も見てないだろ？」

邦義はへっへっと笑った。その笑い声が瀬莉愛の表情に恐怖をよみがえらせた。それは彼の加虐性を象徴する笑いだったのだろう。だが、おかげで邦義のほうには隙が生まれた。

俺はとっさに邦義の背後から左肩に飛び蹴りを食らわせた。邦義は思いがけぬ攻撃にあっさりとぶっ倒れる。

「蒼クン……邪魔しないで」

「やめとけよ。殺す価値もない奴だ」

俺は瀬莉愛のほうへ近づいた。だが――。

「ああそうかい」

襟首を背後から摑まれた。

邦義は素早く体勢を整えて、俺の背後に回り込んでいたのだ。続いて、後頭部に固く冷たいものが押し当てられる。その正体が何なのかは考えるまでもない。

「瀬莉愛、おまえが俺と来る気がねえのはよくわかった。だったら大人しく絵を渡しな。こいつの脳みそが散らばるぜ？」

邦義の言葉に、瀬莉愛が心を揺さぶられているのがみえた。

「渡したら終わりだ」

「絵描きさんは黙ってなって！」

背後の男は陽気に吠えるが、瀬莉愛はもうコイツを見ているわけではない。俺は瀬莉愛と向き合いながら不思議な衝動に駆られる。かつて、こうして彼女と向き合っていたことがある、という記憶。

――ああ、そうだ。この目。あの日の大会で、こんな目で踊るダンサーがいた。俺はそのダンスに妙に惹きつけられるものを感じたのだ。動きのキレは並みなのに、気がつくと観る者を別世界に迷い込ませる。それで、楽屋裏でフォンに彼女を紹介された時、こう言った。

—— あんたのダンスも見たよ。なんつうか、ダンサーにしちゃあ演技力がありすぎるね。

誉め言葉のつもりで言ったが、彼女はムッとした表情になり、結局話がもたずに彼女は

そのままどこかへ消えてしまったのだ。

あの時、俺は彼女のダンスを否定する意図で言ったわけではなかった。ただ、舞台上での彼女の目の力が異様に強かった。喜びを表すところでも、悲しみを表すところでも、舞踊以上に彼女の表情に目がいった。だから、率直な感想を伝えたまでだった。

それもそのはず。彼女は、名女優、石溝光代の娘だったのだから。

「やっぱり君は女優だったな、瀬莉愛」

「……今頃なによ?」

「演技力がありすぎだ」

「やっと思い出したの?」

彼女は顔をほころばせた。それから、意を決するようにして、邦義に言った。

「絵を渡すよ。一階フロントの奥……書棚の脇に置いてある。すぐ行って」

「ずいぶん煩わせたなぁ。早く言えばいいんだ。あばよ、瀬莉愛。おまえにはこの絵描きの相手くらいがお似合いだぜ」

邦義は突然俺を背後から蹴飛ばした。

瀬莉愛に抱きとめられた。

ドアの閉まる音と、邦義の遠ざかる靴音が響いていた。邦義を追おうとする俺を、瀬莉愛の腕が引き留めた。彼女の瞳が無言のうちに語りかけていた。もうすべては終わったのだ、と。

俺は――その瞳を信じることにした。

2

「クソッ、あああなんか面白くねえな……クスリ切れてきたか?」

苛立ちながらも、石溝邦義は急ぎ足でフロントに近づいた。仲間はわけのわからん連中とファイトを始めちまうし、血気盛んな連中を連れてきすぎたな。もっとジジィを連れてくればよかった。やはり若い奴はとかく事件を起こしやすくてダメだ。

カウンターの中に入り、その奥のドアを開けた。

スタッフルームにいるのは何度か顔を見たことのある従業員たちだった。

「こ、困ります、ここは関係者だけが……」

女性スタッフを殴って黙らせると、邦義は奥へと進んだ。

果たして、瀬莉愛の言ったとおり、白い書棚の脇に、額縁らしきものが布にくるまれて置いてあった。邦義はちらりと中身を確かめる。額の中には、深紅のワンピースを纏った女性が描かれている。これに違いない。

絵を脇に抱えると、邦義はふたたびドアのほうへと歩き始めた。もうここに長居は無用だ。井戸田に絵を渡して、後はこのホテルを売却して金に換える。めでたしめでたしだ。スキップでもしたいような気持ちになった。車に戻って一発キメてから引き上げるか。そんなことを考えながら、フロントに続くドアを開けた。

だが——そこには先客が待っていた。

「よう、石溝邦義さん？」

邦義はうろたえた。そこにいたのは、さっきホテルの一室に突然乗り込んできた男たちだった。つい今しがたの乱闘で顔に傷のある者も多い。そして、彼らがここにいるということは、すなわち邦義の舎弟たちの敗北を意味していた。

真ん中にいる老紳士が誰なのか気になった。シルクハットをかぶり、手には杖をもっている。どこかで見た顔だが、思い出せない。さっきはいなかった。

「大きくなられましたな、邦義君。君は、小暮さんの連れ子だったね。母親を早くに亡くした君に、私は同情したもんさ。そして、それは光代も同じ気持ちだった。だから、君の本当の母親代わりになろうと努力した。だが、君は頑なに心を閉ざした」

そこまで話されても、やはり誰なのか見当がつかなかった。

ただ、ちがうぞ、と邦義は思った。あの女の化粧の匂いが嫌いだった。邦義の母親は化粧っ気のない女だった。彼女だけが本当の母親であり、後から家に入ってきて母親面《づら》する元女優の女など受け入れることはできなかった。

そして、中学の頃、友人の家で観たポルノまがいの映画の中に、その女が出ているのを見つけた。

——これ、おまえの母親だろ？

邦義は友人を殴り続けた。そしてそのビデオを持ち帰った。恥さらしだと思った。

そして——今もその思いに変わりはない。

変わりない、はずだ。

「君の愛情は歪んでしまったんだね。どこかで光代を慕いながら、それを素直に表せないまま大人になり、いま私と光代の娘である瀬莉愛に対して異様な執着を示している。同情を禁じ得ない」

瀬莉愛があの女の娘だって？

馬鹿な……すると、コイツが大串勝男？

「じゃああの世で同情してろよ、ジジィ！」

邦義はズボンのポケットから拳銃を取り出し、構えようとした。だが、それよりも十以上の銃口が一斉に邦義に向けられる方が先だった。

紫のスーツを着た金髪頭が言った。

「もうお嬢様には指一本触れさせねえよ」

「……ざけやがって……」

「セントレアまで、ゆっくりドライブと行こうぜ？　お仲間もお待ちかねだ。血まみれだけどな」

男たちが笑い出す。邦義は取り乱してカウンターを飛び越えて逃げようとした。その足を何者かに捕まれて倒された。立ち上がろうとした背中に、強烈な一撃を食らわされた。

見ると、アロハシャツに身を包んだ見知らぬ南米系の青年がそこに立っている。青年は、陽気に口笛を吹いている。アントニオ・ロウレイロの「So」だった。

「往生際がわるいぜ？　〈プーロ〉の親玉なんだろ？　〈プーロ〉ってのは潔いって意味じゃないのか？　待ってる部下をがっかりさせるなよ。ほれ、行くぜ？　ブラザー」

邦義はようやく悟った。この計画は大いに間違っていたのだ、と。そして、ボロ雑巾のようになってブラジル行きの飛行機に乗せられた時、自分は部下たちから完全に信頼を失っているであろうことも——。

カウンターに置いた絵の布がはがれ、中から絵が覗いていた。

石溝光代によく似た、赤河瀬莉愛の肖像画が。

第十章

1

「どう？　ひさびさのソファの心地は」

俺がようやく間借りしているソファに戻って伸びをしたところで、蘭都が尋ねてきた。

「あ？　固いし最悪だな。新しいの買えよ」

さんざん痛めつけられた身体を休めようとしてるのに水をさされて、不機嫌に答える。

「賃貸契約が一区切りしてからかな」

「それ俺が出て行く時に買うってことだろ。俺に何も得がねえじゃん」

蘭都は楽しげに笑う。

「まあとにかく、これですべて終わったってことだよね」

「なのかな。よくわかんねえや。瀬莉愛は結局どこに光代の肖像画を隠してたんだ？」

あの時はそのことを瀬莉愛から聞きそびれたままだった。蘭都はこないだ漬けたパプリカのピクルスの様子を眺めている。そろそろ食べごろのはずだ。

「瀬莉愛さんは肖像画を隠していなかったよ。フロントの天井に堂々と飾ってあった」

「天井……」

そう言えば、方形のタイルがいくつもあり、そこにはオリエンタルなタッチで舘山寺にまつわるいくつかの伝説が描かれていた。あの中に、さりげなく一枚、俺の絵がはめ込まれていたというのか……。

「僕は入ってすぐに見つけたよ」

「観察眼が鋭いねえ」

「画家なのに目が節穴だね」

「うるせえよ。にしてもだな、澤本亮平だよ、むかつくのは」

「君に最初に絵を探すように依頼したのは彼だったね」

「あいつ、単に邦義に脅されて俺に声をかけたのかと思ってたけど、よく考えてみるとあいつが邦義にわざわざ関わるような理由が見当たらないんだよ。そもそも二人がもともと知り合いだったとも思えない」

「ああ、それは僕もちょっと思ったね」

「だろ？　俺が思うにだな、澤本亮平こそがすべての糸を引いてたんじゃないか？」

「亮平さんが黒幕だってわけ？　そんなことをして、彼にメリットが？」

「あったんじゃないかな。つうか、ないと動かないだろ。〈幸寿園〉の料金だってアイツが出してたんだろうし、それ相応のメリットがなきゃここまでしない。澤本病院って、おまえも知ってると思うけど、だいぶ経営傾いてるだろ」

「だろうね。人が来院しているところを見たことがない」

「くわえて跡継ぎの息子は医学部にも入らず家でくすぶってる。こうなりゃ、亮平は一か八かの賭けに出るしかなかった。そこへちょうど体調を崩したか何かで光代が診察にやって来る。テレビで見て彼女を知っていた亮平は、旧知の仲である弁護士の井戸田が前に光代が依頼人になったと話していたのを思い出し、遺言の内容を聞き出す。

　だが、遺言の内容が厄介だったので、ここで計画を思いつく。それなら認知症ってことにして施設に入れちまおう、と。介護施設ってとこはよく人が死ぬからどこもかかりつけの病院というのがある。つまり、提携先の介護施設に押し込んだわけだ。恐らくは、介護施設に入居させて、そのあいだに光代にもう一つべつの遺言書を書かせて、ぜんぶ自分の手柄にしようとしてたに違いない。ところが、結局それを書かせることができないまま光代さんは旅立ってしまった」

「それで計算が狂ったから、君を必要としたわけか」

「遺言書が書き直せなくても、絵が手に入ってしまえば、さっさと法的手続きを進めて、自分が遺産管理者ということにすればいい。ところが絵が出てこない。そこで、光代の肖像画なら何でもいいんだな、と機転をきかせ、俺に描かせようと思いつく。邦義と結託して見えたが、所詮は司法上の問題。あの後の展開知ってるか？　空港に移送しようとしていたら、警察が来て不法入国容疑であいつら全員お縄だってよ」

小学校からの知り合いである刑事の中村に聞いたのだ。いまだに石溝邦義は留置所にいる。入れ替わるようにして、告訴が取り下げられて、光輝は家に戻ることができた。まあそれぞれあるべき場所にピースがハマったわけだ。

「たぶん警察に手を回したのも亮平だろう。アイツ、邦義をいいように使って、最後は豚箱に押し込めて自分が暴利をむさぼろうとしてたんだよ」

「だが、結局絵は手に入らず、か」

「瀬莉愛も無事、あのホテルを誰にも取られなくて済んだ。もしかしたら亮平はどこかのヤクザにさらに瀬莉愛の遺産を狙わせることも考えていたかもしれんが、思いがけず篠束組やら小吹組やらが出てきてビビっただろうな。たぶん二度とこの一件には関わらないだろう」

「じゃあいいんじゃない？」

「どこがいいんだよ？　悪が放置されてるじゃねえか」

蘭都は何がおかしいのか嬉しそうに笑いだす。それから、ピクルスの壜の蓋をあけて、赤と黄色のパプリカをフォークで均等に二つの皿に取り分け始めた。

「君は因果応報主義だっけ？　水戸黄門みたいに世の中うまくいってたほうがいい？」

「そうじゃねえけどな。あのじじいがのうのうと生きてるかと思うとなんかムカつく」

不意にテレビのニュースに意識がいった。たぶん、〈さわもと〉とキャスターが言ったのが聞こえたせいだった。

〈……クリニックの長男、澤本亮太さん二十六歳が、自宅の浴室で心肺停止状態で発見されました。澤本さんはすぐに緊急搬送されましたが、病院到着後まもなく死亡が確認されたということです。警察は現在自殺とみて捜査を続けています〉

「澤本が、自殺……？」

蘭都は静かに溜息をつき、テレビを消した。それから、出しかけていたピクルスも放置して、無言でアロマの壜を取り出し、香りを調合しはじめた。日常が崩れそうな時こそ、できるだけいつもと同じことをしていたいのだろう。

俺はソファにだらりと寝そべった。

澤本、お前、生きるのが下手くそすぎだろう。挙句に迷惑な死に方しやがって。そう悪態をついてみても心のもやもやは取れない。

再会した時のおどおどした目や、こっちの話を何も聞いちゃいない態度が思い出される。そう言えば、最後にかかってきた電話に俺は出なかった。

あの時、奴は何を話す気だったんだろう？　これから死ぬ奴が、受講日の予約の相談をするわけがない。もしかしたら、なんてことのない会話がしたかったんじゃないのだろうか？　たとえば、夢を捨てたあとの、道の歩き方についてとか。

どうにか救ってやる機会が、俺にだってあったはずなのだ。そう思いたくなるのは、これもやっぱり感傷ってやつだろうか。

不意に秋野不矩の模倣画のことが気になった。

そうだ――あいつ、なんであんなもん俺に描かせたりしたんだろう？

2

一週間後の午後、澤本邸を訪ねた。

インターホンを鳴らし名乗ると、力のない声で応対に出た亮平がドアを開けてくれた。顔を覗かせた亮平は、ホテルで会った時と同一人物とは思えないほど窶《やつ》れ、かすかに酒の匂いがした。

葬儀もひと段落ついた頃を狙ったのは、自分と澤本との距離感を考えてのことだ。死後即座に駆けつけるほどの仲じゃない。俺たちは永遠に隔たりのある間柄だったのだ。

亮平は、居間の仏壇を力なく示し、二階に引き揚げていった。

澤本の遺影は、おまえいつそんな顔したんだよというくらい無邪気な笑顔を見せていた。俺はこいつのことを何も知らないのかも知れない、という気がした。いやな奴。いやな奴という側面。それは結局、あいつが俺に対してみせることにした顔に過ぎないのかも知れない。

線香をあげ、軽く手を合わせてから二階へ向かった。

亮平がいたのは、俺が亮太に絵を教えるのに使っていたコレクションルームだった。ドアが開け放たれていたが、中は真っ暗で、よく見ないと一見誰もいないかに見える。それくらい、奴は死人のように気配を消していた。いや、気配の出し方がわからなくなっていたのだろう。

「私のせいだ」

足音で俺に気づいたらしく、奴はそう言った。独り言ではないことは、そのはっきりした口調でわかった。

「そんなに自分を……責めたほうがいい」

「……」

「俺もあんたのせいだと思うよ。よく知らないけどね」

「医者の跡継ぎにと期待をかけ、それが叶わぬと、息子を厄介者呼ばわりした。大学でもうまく行かず実家に戻ってきた息子はほかに行くあてもなかったろうに。私のせいだ」

俺はもうそれ以上の相槌を打たなかった。

壁にかかった秋野不矩のスケッチ画。《廻廊》の習作のような未発表作。以前、ここへ来た時、澤本がこの絵を真似て描けるようになりたいと言っていたのを、つい昨日のことのように覚えている。おまえなんでこの絵にそんなにこだわった？

「あいつは、秋野不矩が好きだったのか？」

「……いや、聞いたこともないな。なぜだ？」

「俺にこの絵の模倣ができるようになりたいと話してたからさ」

「あいつに絵心など皆無だったからな……なぜそんなことを言ったんだろうな？　私にもわからんよ。とにかく確かなのは、あいつは私を捨ててあの世へ逃げたということだ」

「どっちが捨てたのかは一生考える問題になりそうだな。息子さんはあんたに捨てられたと思ってたろうよ」

「……甘んじて受け入れよう」

打ちひしがれた者を咎めるほど無意味な遊びはない。

「まあ、言いたいことは言ったよ。あとはあんたが赤河瀬莉愛の遺産に手出ししなければ何の文句もない」

「……もうない。それは、もうない。もともと少年時代の歪んだ執着を成就させたかっただけだからな」

「……どういう意味だ？」

「近所にいた憧れのマドンナに少年は告白できないまま歳を重ねてしまった。せめてその最後の〈城〉くらい手に入れたい、と……愚かな夢さ。もうどうでもいい」

探し物はいつだって思いがけない家具の裏側に転がっているものらしい。

「本当にな」

それから——なぜかもう一度、壁にかかった絵に目をやった。そこでそれまで気づかなかったある事実に気づいた。なるほどね、と俺は内心で口笛を吹いた。そして、同時にその脇にある作品にふと気づいた。

「これは誰が描いたんだ？」

秋野不矩を真似ただけのような、下手くそな作品だった。すると、意外な答えが返ってきた。

「それは私の絵だ。というか、そこにかかっている壁の絵もな。私は昔、絵描きを目指したことがあってね。しょせん秋野不矩を模倣するしか能がなく、結局諦めた。だが、どうかね、この絵は《廻廊》の模写としてはまあまあうまくいっていると思うが」

俺はそれには答えず、そっと部屋を出て、玄関に向かった。

澤本が俺に見せた絵は、秋野不矩の作品ではなかったのだ。

そして——澤本はそうと知らずに、俺にあの絵を模写させた。

なぜそんなことをさせたのか？

その答えが、さっき壁にかかっていた。

いましがた壁にかかっていた絵は、亮平が描いた絵ではなく、俺が模写した絵だったのだ。実物は、今頃ネットで秋野不矩の絵と称して競売にかけられている頃だろう。

澤本は自殺の意思を固めたとき、最後に父の大事にしている絵を偽物にすり替えて死のうと自分を雇ったのに違いない。父親が描いた模写だとも知らずに。

不意に、あの時の会話を思い出した。

いですか。
——この彼方に光のある感じ、何かを信じていれば報われるっていう感じがするじゃな
——おまえに何かを信じる気持ちなんかあんのか？
——いや、誰だってあるでしょうよ。自分の才能とかね。
澤本は——俺に絵を教えろと依頼してきた時、すでに最後の光を手放してしまっていた
ということなのか。そういえば、翌日の電話の会話もおかしかった。
——たぶん長く生きすぎて頭に焼きが回ったんでしょう。信じるものもろくにない奴が、
何も考えず暇を持て余した末路です。
——ずいぶんな言い草だな。おまえは何を信じてるんだよ？
——俺ですか？　……忘れましたね。
澤本は、それまで信じてきた自身の才能みたいなものを、手放した後だったのだ。
俺はあいつの浜松帰省後の人生に思いを馳せた。
演劇への情熱を失い、挫折して帰省した澤本を待っていたのは、「役立たず」のレッテ
ルを貼られる絶望だった。一度は就職もしたようだが、それも失敗した。今さら再就職す
る当てがあるわけでもない。親のコネを使えばいけただろうが、そもそも労働に向かない
奴のことだからすぐクビになるに決まっている。

澤本が皮肉混じりに言っていたことを思い出した。

――先輩は幸せですよ、大した絵も描けず貧乏なのに、まだ好きな世界の淡い酸素を吸っていられる。

学者を目指していたアイツは、結局道半ばで夢を捨てた。そして、捨てた後は、何も持つことができなかった。父親への復讐心以外には。

居間の前を通るとき、仏壇が目に入った。

見事に復讐を遂げたいつかの少年は、何が楽しいのか爽やかな笑みを浮かべたままだった。

親に先立たれ、夢に見切りをつけても職務をまっとうする女がいる一方で、親も生きていて金もあり、夢を諦める必要もない場所にいながら、自ら命を断つ男もいる。真逆のようでも、その差は本当にわずかだ。光輝も、邦義も、あるいは蘭都や俺でさえも、そんな微妙なバランスのなかで、たまたま生きているのだろう。

その場所の〈酸素〉の少なさは、きっと当人にしかわからない。

澤本、おまえちょっと運がわるかっただけだ。そして真面目すぎたよ。人間、死ぬまで息抜きしてりゃそれでいい。夢なんて、その肴に過ぎないいんじゃないのか？

そんなことを考えながら、俺はたぶん初めて、奴に手を振った。

エピローグ

夜七時。内浦湾《うちうらわん》ベイストリートは浴衣姿の客でにぎわっていた。

光代の肖像画を灯籠流しで川に流したい。瀬莉愛にそう電話で言われた時はしょうじき驚いた。遺産の問題は大丈夫なのか、というのが気になったのだ。だが、瀬莉愛も事件後ようやく弁護士に相談をしたらしく、そもそも生前に贈与されているものに関して遺言は執行できないこと、すべてが邦義という反社会的な存在ありきで動いていたことだから、今となっては恐れるものは何もないということだった。もっと早くに弁護士に相談していれば、と思うが、邦義の存在に怯えているうちは無理だったろう。何より、瀬莉愛は従業員たちが路頭に迷うことをもっとも心配していたはずだから。

舘山寺温泉の灯籠流しは、浜名湖の花火大会と同日に開催される。今年もやはりそうだった。すでに破裂音とともに闇夜に花が咲き乱れている。その刹那、鼓膜《こまく》の震えとともに闇が遠のく。人々は心に溜め込んだ問題を、しばし夜空を見上げて忘れる。

母がこの祭が好きだったことを思い出す。よく連れてこられては、彼女が夜空を見上げているのを見ていた。何がそんなに楽しいのやら、と俺は子ども心にいつも思っていた。たかが一瞬、空が光るだけのこと。

だが、この歳になると、人間、考え方もいろいろ変わる。

花火の上がるその瞬間に、人は祈りにも期待にも満たない刹那の希望に現《うつつ》を抜かす。それは明日にも明後日にも、何の影響も及ぼさないかもしれないその場しのぎの希望ではあるが、何であれイミテーションではない。

内浦湾に浮かんだ色とりどりの灯籠は、死者の数ではなく、そのまま人の生きた時間の数だ。人生の数だけの灯籠があり、それらが花火の光に反応して微かに色を変えながら泳いでいく。泳ぎながら彼らもまた、今宵の花火を見ているのだろうか。

その中に、光代もいるのだろうか。

かつて、光代は俺に言った。

——あんたにとって、絵を描くって何よ？　その答えを一生考え続ける気があるなら、なれるかもだに。

その言葉を受け継ぐように、光輝は教師として教え子を庇い、監禁の罪に問われても自分からは冤罪だとは口にしなかった。瀬莉愛は、オーナーとは何かを一生問い続けることを選んだ。

自らの道について自問し続ける。それは闇の中でほんのひと掬いの光を探すようにしんどいことかもしれない。たとえば、澤本亮太もあの歳までずっと演劇研究の道をまい進してきた。たとえ、実際の研究の世界から離れても。だが、何かのはずみで、不意にそれを見失ってしまえば、道は簡単に分岐し、光なき闇が広がる。その差は、ほんとうにわずかなのかも知れない。

灯籠を流し終えると、瀬莉愛は立ち上がった。今日の瀬莉愛は浴衣を着て、髪をきれいに結《ゆ》っている。オーナーとしての風格とはまた違う女将っぽさがある。この後はまたホテルに戻ってイベントを取り仕切らなければならない。わずかな三十分の憩いの時間に、俺は誘われたわけだ。

「これでようやく、母が安らかに眠ってくれる気がする」

「そうだな、あんたが母と呼ぶのを聞けば、きっと眠ってくれるさ。生前は一度もそう呼ばなかったんだろ?」

「母は私との血縁関係を明かそうとしなかった。でもじつは、私を育ててくれた先代オーナーに早いうちにすべて打ち明けられていたから、知っていたんだよね」

呼ばれたかったろうな。親なら、そう願うはずだ。けれど、それを光代は自分に許さなかった。自分が女優という道を選んだ人間だったから。

そして、瀬莉愛もまたそんな光代の意志を尊重したということだろう。

「それで？　一日だけの舞台女優さんはまたオーナーの顔に戻るわけか」

「そうだよ。わるい？」

「いや、ただ少しもったいないなってね。あんたには光代さんの才能が受け継がれているわけだから」

「この地を訪れる人に、一晩夢を見せられればそれでいいじゃない？　ほら、この花火みたいに」

ボン、とまた破裂音が鳴り、音が遠くなる。

自分の現在地が、あやふやになる。

瀬莉愛と二人で、風景に溶け込むとき、互いのあいだにあった境目が消えそうになる。

これだから祭りは危険なのだ。

瀬莉愛が俺の肩に頭を預けていた。ほんのつかの間、数秒のこと。

すぐに彼女は我にかえって、俺から離れた。

「フォンは、きっと今でも蒼クンのこと好きだと思う」

「……何だよ？　急に」

「言っとかないと。危ない危ない」

「誰がだよ？」

　彼女はそれには答えなかった。人を狼呼ばわりしたわけではないらしい。

「私ね、フォンのダンス、ずっと好きだったんだ。あんなふうに踊れたらいいなぁって。私は彼女みたいにうまくなかったから」

「あんたは演技の人だったんだよ、こないだの舞台をみてそう思ったね」

「ダンス大会の後に言うことはないと思うけど」

「それはほんとに、悪かった」

「でもあの言葉がずっと残ってたの。母が亡くなったときに一人舞台に立ってみようと思ったとき、不意に思い出したのも、あの時の君の言葉。だから、君と再会できたのは、君にとっては何てことないだろうけど、私にとってはすごい偶然だったんだよ」

「そうか……そうなんだな」

　俺にとっても何てことなくはないよ、と言うべきか迷った。だが、どう言おうと嘘くさくなるだろう。

「君みたいな人が、フォンにいてよかった」

そう言われたとき、俺はまだ、さっき瀬莉愛が肩に頭を預けてきたときのことを考えていた。肩に当たったときの彼女の額の温もり。それを受け止め、共に生きるという選択も、無数にあるうちの一つにはあったかも知れない。それこそ目の前に広がる灯籠の色のように、今ここで黙ってやり過ごせば、それだけで色は変わる。

「行くね。今日は付き合ってくれてありがとう」

彼女は一度だけ背伸びをして、それから立ち去った。俺は、走り去る彼女の後ろ姿をぼんやりと眺めながら、頬につけられた唇の感触を再生していた。

その感触をかき消すように、また空で破裂音が鳴り、闇を遠ざけた。

爆音は、やがて心臓の鼓動と混ざり合い、つかの間の衝動を天に溶かした。


蘭都の家に戻った時は、すでに十時を回っていた。どこをどう歩いて帰り着いたものか、しょうじきあまり覚えていない。身体は疲れ切っていたが、そう悪い疲労感ではなかった。

「なんか、飲んできた？」

「いや、まったくの素面なんだが」

「そっか。飲む？〈HAMAMATSU BEER〉あるけど」

「飲みますよ。そりゃあね」

「治一郎のバウムクーヘンあるけど、食べる？」

「食べないとでも思ったか？」

「いや、甘いものとビールはさすがにどうかなって思ってね」

「俺くらいの上級者になるとね、それもまたありなんだ。あ、でもこないだのピクルスも一緒に頼む」

蘭都は笑いながらバウムクーヘンを切り分けた。それから、小さなボトルを俺の前にもってきた。

「酒にしちゃ小さいな」

「馬鹿だな。こないだの〈舘山寺アコーホテル〉に溢れていた『白い追憶』のアロマ。いまの君には必要なんじゃないかと思ってね」

ちょうどそのアロマの香りがぼやけてきたなと思っていたところだった。

「いらねえよ、バーカ」

俺はそう言いながらも壜を受け取り、鼻に近づけた。

こんな匂いだったっけ？　不思議なもんだ。もうあの宴の席で嗅いだときの緊張感も、その匂いを仕掛けた瀬莉愛の凜とした姿も、今ではすっかり朧《おぼろ》になっている。

「そういや、フォンとは連絡とってる？」

「いや？」

「とらないの？」

「んん、わからんな。何かが減る気がするんだ」

「何が？」

「何だろうな」

アロマだ、と言おうとしてやめた。ひさびさにフォンの声を聴きたい気分だった。瀬莉愛のキスの反動か？　そうかも知れない。だとしたら、俺はだいぶ単純な生き物ではある。

フォンの煙草の香り。唇の感触。肌のぬくもり。

俺とフォンの糸は切れてしまったのか。いや、そうじゃない。切れないから、何も語らない夜がある。

「まず絵を完成させないとな」

「いい言い訳を思いついたね」

「おまえにはわかんねえだろな」

「売れない画家の気持ちはわからないよ」

「語らないってことは、ときに語るよりも重要なんだぜ？」

蘭都はじっと黙ってワインを飲んだ。それから、「君たちらしいのかも」と同意した。

胸の奥に、澤本の言葉が迫る。

好きな世界の淡い酸素、か。

それから、乾杯をしながらバウムクーヘンを食べ、ピクルスを食べた。久々に、ゆるゆるとした、穏やかで充実した時間が流れていた。

小一時間もそうしてから、俺は伸びをしつつ、アトリエに向かう準備を始めた。

もはや酸素があるのかないのか分からない中で、それでも息をゆっくり吸う。

まだ描けるのか？　俺に、その熱量があるのか？

追憶からはもう何も生まれない。そう知っていて、まだ走れるのか？

「まあ、やってみるしかねえよな、こればっかりは」

窓を開けた。いつかの湿った風に頬を撫でられた。

不意に、数日前の昼さがりに見た光景がよみがえった。あの日もこんな湿った風が吹いていた。そして、ここを、ベージュのレースのフレアワンピースを着た、長い髪の女が歩いていたっけ。

長い髪。その後ろ姿が、ホテルの部屋でモデルになるためにシニョンを解いたときの瀬莉愛のそれと重なった。

世の中、そこらへんにこれくらいの偶然はごろごろ転がっているんだろう。それを運命と呼ぶかどうかは、結局自分が何を選び取るかでしかないのだ。つかの間の慕情をいつまでも飾っておけるほど、心の額縁が有り余っているわけでもない。

さらば、初夏の白い追憶。

終電の遠鉄電車のかすれた音と、生ぬるい風が、頬に残ったかすかな追憶を奪って逃げていった。

本書は書き下ろしです。

著者略歴　1979年静岡県生，作家『黒猫の遊歩あるいは美学講義』で第１回アガサ・クリスティー賞を受賞。他の著作に〈黒猫〉シリーズ，『四季彩のサロメまたは背徳の省察』『人魚姫の椅子』『探偵は絵にならない』（以上早川書房刊）他多数

HM=Hayakawa Mystery
SF=Science Fiction
JA=Japanese Author
NV=Novel
NF=Nonfiction
FT=Fantasy

探偵《たんてい》は追憶《ついおく》を描《えが》かない

〈JA1485〉

二〇二一年五月 二十日 印刷
二〇二一年五月二十五日 発行
（定価はカバーに表示してあります）

著者　森《もり》 晶《あき》麿《まろ》
発行者　早川 浩
印刷者　入澤誠一郎
発行所　株式会社 早川書房
郵便番号 一〇一 - 〇〇四六
東京都千代田区神田多町二ノ二
電話 〇三 - 三二五二 - 三一一一
振替 〇〇一六〇 - 三 - 四七七九九
https://www.hayakawa-online.co.jp

乱丁・落丁本は小社制作部宛お送り下さい。
送料小社負担にてお取りかえいたします。

印刷・星野精版印刷株式会社　製本・株式会社明光社

ISBN978-4-15-031485-9 C0193

本書は活字が大きく読みやすい〈トールサイズ〉です。